Els Nostres Autors

Edicions BROMERA

Assessor literari de la col·lecció:
Jeremies Barberà

Assessor didàctic:
Salvador Bataller

Els Nostres Autors

TÍTOLS PUBLICATS:

1. LA NARRATIVA VALENCIANA. 1900-1939. (Antologia). A cura de V. Simbor.
2. L'ÚLTIM RODER. *Josep Franco.* A cura de S. Bataller.
3. CRÒNICA. *Ramon Muntaner.* A cura de V. Escrivà.
4. TIRAR LES CARTES. *Josep Gregori.* A cura de J. A. Fluixà.
5. BLANDÍN DE CORNUALLA. *Anònim.* A cura de Jordi Tiñena.
6. BARROCA MORT. *Vicent Josep Escartí.* A cura de Vicent Borràs.
7. ELS HORTS. *Martí Domínguez.* A cura de Biel Sansano.
8. ROSA VERMELL, DETECTIVA PRIVADA. *Josep Lluís Seguí.* A cura de J. P. Montaner.
9. EL CORONEL D'ANJOU. *F. P. Briz.* A cura de Jordi Tiñena.
10. TIRANT LO BLANC. *Joanot Martorell.* A cura de F. Machirant.
11. EL PREMI LITERARI I MÉS COSES. *Manuel de Pedrolo.* A cura de Josep Iborra.
12. MOR UNA VIDA, ES TRENCA UN AMOR. *Joan Pla.* A cura de Lluís Messeguer.
13. EL LLIBRE DE LES BÈSTIES. *Ramon Llull.* A cura de F. Machirant.
14. SER JOAN FUSTER. *Antologia de textos fusterians.* A cura de J.A. Fluixà i A. Martínez.
15. AMORS MALEÏTS. *Jordi Mata.* A cura d'Enric Salom.
16. COMBUSTIBLE PER A FALLES. *Joan Fuster.* A cura d'Antoni Furió.
17. UNA SELVA AL REPLÀ. *Pau Joan Hernàndez.* A cura de Mercè Giralt.
18. MANUSCRIT DE MOSSÉN GERRA. *Josep Franco.* A cura de Salvador Bataller.
19. POEMES D'AUSIÀS MARCH. (Antologia) A cura de Lluís Anton Baulenas.
20. EL SOLDAT DESCONEGUT. *Miquel Ferrà.* A cura de Vicent Borràs.
21. ROSA VERMELL I L'AMANT QUE ARRIBÀ DE L'EST. *J.L. Seguí.* A cura de Josep A. Fluixà.
22. CURIAL I GÜELFA. Anònim. A cura de Salvador Vendrell.

1a edició: *gener, 1986*
19a edició: *novembre, 1993*

Composició tipogràfica: *Germania*
Imprés a: *N.C. Gràfiques, S.L. - Alzira*
I.S.B.N.: *84-7660-000-3*
D.L.: *V-3800-1993*

PAPER RECICLAT
PROTEGEIX LA NATURA

L'ÚLTIM RODER

Josep Franco

Introducció i notes:
Salvador Bataller

Il·lustracions:
Enric Solbes

INTRODUCCIÓ

1. LA LITERATURA I ELS SEUS ENTREBANCS: LA NARRATIVA ACTUAL (DELS 40 ALS 80)

A l'hora de presentar i ubicar, per més que siga en general, un autor, Josep Franco, i la seua obra, més concretament *L'últim roder*, sembla pas obligat, per qüestions didàctiques, delimitar prèviament l'entorn literari anterior. I com açò resulta llarg en excés, caldrà fitar cronològicament el temps abastat (dels anys 40 als 80), l'espai (el País Valencià, encara que calga alguna referència a Catalunya i les Illes) i el gènere (la narrativa).

Hem agrupat el conjunt de la narrativa en dues etapes les quals estan marcades per un abans i un després dels Premis Octubre i la transició a la democràcia. De la segona, sorgiria un nou grup que, a més dels avanços anteriors, viuria la introducció de la llengua a l'ensenyament.

1.1. ETAPA DE SUBSISTÈNCIA (DELS 40 ALS 70)

Als anys 40 no podien quedar molts narradors al País Valencià amb possibilitats de continuar escrivint, per l'elemental raó que abans de la guerra, ací, no s'havien arribat a iniciar uns narradors del pes de Mercè Rodoreda, Pere Calders, Josep Pla o Salvador Espriu... Tampoc l'ambient social, editorial i econòmic no aconsellava cap vel·leïtat literària perquè, evidentment, emprar la llengua del carrer als llibres hauria estat considerat poc «edificant». Només a mitjans dels anys 40 es crea l'editorial Torre i, bastant després, les editorials Sicània, Garbí...

D'autors representatius d'aquesta etapa amb transcendència posterior, se'n podrien anomenar pocs: Martínez Ferrando, Enric Valor, Maria Beneyto, Beatriu Civera, i ja comencen a publicar als anys 60.

1.2. REPRESA, INTENTS DE NORMALITZACIÓ (ANYS 70)

Aquesta etapa la devien formar un primer grup d'autors que van patir la guerra o la postguerra més crua i que la recorden amb un «cert regust proustià» que s'estendria a novel·listes posteriors: Gonçal Castelló, Josep Rausell, Carmelina Sánchez-Cutillas, J. Francesc Mira. Aquest darrer, com que és més jove, presenta notables diferències temàtiques i formals.

El miracle es va produir, i en això coincideixen tots els estudiosos, en instaurar-se els «Premis Literaris Octubre». El 31 d'aquell mes del 1973, l'obra guanyadora, *Assaig d'aproximació a falles folles fetes foc* d'Amadeu Fabregat, ens feia passar del realisme del XIX a l'experimentalisme més cridaner.

Era molt difícil que la novel·la experimental arrelàs amb les condicions de diglòssia i l'endarreriment de la producció cultural que patíem, però va obrir nous camins que la tenien en compte i, al voltant dels «Octubre», i de tot un seguit de premis literaris locals després del 75, l'oferta literària era més variada i més fàcilment homologable amb la resta d'Europa.

1.2.1. UNA «ECLOSIÓ» CONTINGUDA (ELS ANYS 80)

Els possibles avanços no poden fer-nos pensar que amb la situació esmentada s'ha assolit la normalitat i la perfecció. Aquella acceptable floració ambiental no va quallar en fruits literaris i de consolidació cultural espectaculars. Diversos interessos i la mateixa «diglòssia vocacional» dels valencians van marcir el canvi més seriós que tant ens calia.

Als narradors del grup contextual de J. Franco, hem arribat a definir-los com a "premi-addictes" i és clara la influència d'aquest fet, que ells no iniciaren, en la seua trajectòria literària. Tanmateix, tot i valorar aquests tipus d'incentius com a positius, els premis literaris, sobretot als municipis mitjans, esdevindran, a curt termini, vies mortes sense no massa eixida per a la nostra literatura.

El contrapunt de l'esperança actual està marcat pel gran pas de puça que significa la introducció del valencià a l'ensenyament. Aquestes noves condicions poden ajudar a forjar un futur literari i lingüístic clar i sòlid.

2. JOSEP FRANCO: TEXTOS, CONTEXTOS I SITUACIONS

2.1. CONTEXTOS I SITUACIONS

Podem, amb més o menys fe, usar o refusar, creure o dubtar del concepte i de la validesa metodològica i científica de les generacions literàries, com a motles o unitats grupals d'estudi d'autors i obres enmarcades temporalment, estèticament o ideològicament. Per la nostra part, no gosarem, ara i ací, cantar o denotar les bondats del mètode: doctors té la santa mare crítica literària que ho sabran explicar[1].

Sí que gosaríem, però, cridar l'atenció dels classificadors habituals sobre un nou grup: el dels narradors "premi-addictes" iniciats a partir del 1975 i que van consolidant la seua trajectòria literària durant el primer quinquenni dels

---

[1] Broch, Àlex. «Sobre la generació literària dels setanta», a *Cairell.* Revista de Literatura, núm. 8, Abril 1981. València (pàg. 21 a 31).

vuitanta: Josep Franco (1955), Joan M. Monjo (1956), Manuel Joan i Arinyó (1956) i Josep Gregori (1959) entre d'altres.

Ens hem atrevit a agrupar-los, a més de per la seua persistència a resistir les escomeses de les diverses pre-seleccions, per tot un seguit de trets coincidents:

A) Data de naixement: segona meitat dels 50.

B) Elements educatius i d'experiències: nascuts i criats a ciutats-poble o pobles ciutadans —Sueca, Gandia, Cullera i Alzira— on l'ambient rural invitava fa uns anys a viure en valencià i l'actual estatus ciutadà sembla que cada dia ho permet menys. Influïts, en una etapa clau de la seua vida, entre els 15 i els 20 anys, per la «pre» i «post» transició del franquisme.

C) Llenguatge i actituds: respecte a l'anomenada generació del 70 no és de clar trencament. De la mateixa manera fiten amb formalismes experimentals anteriors que amb un cert realisme, també costumista, però afegint-hi una dosi pareguda de desconfiança i de distanciament irònic als dos costats.

A tall de biografia concreta, constatem que Josep Franco i Martínez naix el 3 de març de 1955 a Sueca; estudia batxillerat a l'institut Joan Fuster del seu poble i més tard magisteri a la ciutat de València amb posterior pas per la facultat de Filologia i els estudis de Pedagogia.

A la seua formació humanístico-fusteriana i al seu escepticisme adquirits per proximitat òbvia, com li agrada assenyalar, afegeix una voracitat lectora variada: sud-americans del «boom» (J. Cortázar hi destaca), francesos de totes les èpoques (Flaubert particularment), anglesos antics (Chaucer, *Sir Gawain and the Green Knigth*...), i, sobretot, els satírics del XVIII (Stern, Swift, etc.), existencialistes i d'altres indiscriminadament: Thomas Mann, Günter Grass... I dintre de la literatura catalana, des dels clàssics valencians i el *Curial e Güelfa* fins els escriptors dels nostres dies, singularment Josep Pla i Llorenç Villalonga, tots li fan el pes. Inclús el seu paisà Bernat i Baldoví i els llibrets de falles, encara que ell no ho diga i li contagien l'humor, la sàtira i la ironia.

2.2. TEXTOS

Si seguim la trajectòria de Josep Franco, que hem definit de representativa d'un bon planter d'autors, ens el trobem escrivint des del 77 i acumulant articles periodístics, narracions i novel·les inèdites que, poc a poc i amb esforç però amb moviment uniformement accelerat, van passant del cap i dels calaixos a la impremta pels camins de les col·laboracions en revistes i diaris (*El Corcó, El Suecà, Noticias al día*), dels catàlegs (exposició fotogràfica de Francesc Vera —"Sueca 1984"— i especialment el deliciós conte *El màgic tanca un cercle* —Alcoi 1985—, glossant l'exposició del pintor Enric Solbes) o antologat fugisserament en *Els darrers. Generació dels 70* i al llibre col·lectiu *Fulls impermeables.*

Participa en el llibre *Homenatge dels escriptors suecans a Joan Fuster* amb «Paper per a una nostàlgia» —Sueca 1984—. I també guanya premis literaris municipals (Caçà de la Selva, Silla, Alzira, l'Alcúdia, Catarroja, Cullera, Sueca i Castalla), on de vegades també publiquen, i d'altres (el «Premi de Narrativa Andròmina dels Octubre 1983» i el Premi de la Crítica de Narrativa de l'any 84 dels "Premis Ciutat de València").

Del seu iceberg literari ja han eixit a la superfície de la publicació els següents títols: *Només uns jocs* i *Elia*, ambdues aparegudes en volums col·lectius. Ja en solitari, publica *Pentangle, La molt estranya vida de Pere Milà, Calidoscopi, El misteri de l'aigua, Antropologia parcial, Som Irrepetibles, Aldebaran* i *La Sal.*

Seguint l'ordre de creació, entre les primeres obres escrites trobem *L'últimer roder*, novel·la d'aventures amb complements de novel·la històrica, un quadre del passat amb certs retocs irònics i incrèduls. *Elia*, novel·la curta, història d'un projecte expiatori, de la redempció d'un pecat de manca d'autenticitat i d'excés de covardia, un pecat d'amor esborrat amb el suïcidi. Visió d'un passat no llunyà (anys 50) amb records, costums, músiques (boleros, passos-dobles) bruixes i encantaments. Tot de la Ribera del Xúquer estant i, especialment, des de Sueca, el Macondo particular de Josep Franco: real, surrealista o simbòlicament suggerida, però sempre present a les obres de l'autor.

Pentangle, cinc exercicis d'estil, cinc narracions molt curtes, d'un present buit i gris que igual podria ser passat que futur. Una mena d'apunts de l'actualitat sense eixida; cúmul de fracassos amb el decorat i l'utillatge escaient al cas: des del quotidià Ducados i el 127, passant pels marginats, la droga, els traficants, Eric Clapton, Bob Marley, Blues Power, Elia Fitzgerald, Jane Birkin, Althusser, Beckett, Ionesco, Virginia Wolf, John Ford, Bogart... Personatges emblemàtics i quasi anònims (H i D, home i dona, a *Matrimoni*) que amb els seus comportaments mecanicistes demostren com és d'absurda la vida; o Acònit (potser aco[llo]nit?) de *Present*, igualment simbòlic i repetitivament buit i desencantat de tot, UCD i PC inclosos; buscant sense èxit ni convenciment una eixida a la vida entre heroïna, alcohol, sexe i discoteques. Eixida que buscaran provant-ho tot: des de les converses pseudointel·lectuals de *pub* sobre semiòtica, *Tirant lo Blanch*, Pompeu Fabra, París o els palaus florentins, passant per les revistes pornogràfiques o la prostitució homosexual.

La molt estranya vida de Pere Milà i *Calidoscopi* continuen sent una reflexió didàctica complementària, entre el passat fictici i real i uns auguris de negre futur, amb el to i els temes generals emprats ja.

Només es pot parlar d'ampliació i de canvi general profund d'aquesta trajectòria narrativa en esmentar *El misteri de l'aigua*, on l'autor reinventa tota una cosmogonia, un nou *Gènesi* en un univers nou i de fàbula que, encara que presente plantejaments de bondat i maldat, resta diametralment distanciat del marc obsessiu de Sueca i la Ribera. Ens atrau la seua fantàstica atmosfera aconseguida amb un llenguatge poètic suggeridorament misteriós i primigeni a força d'un treball literari acurat. És aquesta la primera incursió publicada de l'autor al món de la literatura infantil, i amb totes les diferències (cronològiques, estilístiques, intencionals) que s'hi vulga, entra a compartir aquesta gran i nova època de la literatura infantil, amb èxit lector per part dels adults, que han obert obres com *La historia interminable*, *El guardià de l'anell*, *El cavallet de cartó*, *En l'olivera del cimal alt*, *El pardalet sabut i el rei descregut*, *El collar maragdí del rei Hussein*, les obres d'Empar de Lanuza o la col·lecció *tria la teva aventura*.

En resum, l'obra de Josep Franco, tret de *El misteri de l'aigua*, sembla —i li prenc un títol— un calidoscopi on no canvia el punt enfocat (Sueca i la Ribera modèlicament representativa de la resta del país i del món actual), ni la llum deformadorament grisa i negra que el transllueix, ni els cristalls o elements que s'hi barregen (l'home, els homes sols, buits, fracassats). Tanmateix, cada volta del calidoscopi ens dóna una composició totalment diferent i complementadora de la resta.

3. L'ÚLTIM RODER

Hem de dir de bon començament que *L'últim roder* no es presenta amb sorprenents plantejaments o aspiracions innovadores d'obra definitiva en relació a les qüestions de forma o contingut. Tanmateix, els seus ingredients (aventures, viatges, bandolers, narració linial, localització, llenguatge senzill...) són òptims per a iniciar els joves en la lectura (avui tan postergada pel món de la imatge) i, especialment, en la lectura en la «nostra maltractada llengua», òbviament imprescindible també, entre d'altres usos, com a vehicle de diversió, a més de canal de continguts escolars.

3.1. REALITAT I FICCIÓ: EL BANDOLERISME COM A PRETEXT

En el nivell més immediat, el nivell dels fets, trobem la història d'un roder amb els seus antecedents i les seues conseqüències. Aquesta és una vena argumental que, amb diverses arrels històriques, ha nodrit sovint el món de la ficció, s'ha encarnat en imatges o bé en el vessant literari, tant oral com escrit, i s'ha endinsat en l'àmbit popular tant com en el culte.

Encara que podríem rastrejar l'assumpte en diverses èpoques, farem sols referència, a tall d'exemple, de la narració *Un sopar de roders* de Gonçal Castelló[2], per la proximitat en el temps (coetània de l'obra que estudiem, 1978) i de Micalet Mars o *El honrado sin honra*[3] (1930) de Rafael Comenge, per la proximitat situacional i argumental.

L'obra de l'alberiqueny Comenge, quasi introbable a hores d'ara, resulta interessant perquè és un document sobre el bandolerisme valencià del segle XIX (entre 1840 i 1900, com *L'últim roder*) que situa bàsicament els fets a la mateixa comarca (encara que a la part de ponent: Alberic, Antella, l'Alcúdia, Massalavés, Tous...) i per presentar el receptari complet de qualsevol relat de roders com cal: jove bo i honrat, que viu feliç, enamorat i correspost, en un món tranquil i harmònic. Per accident involuntari amb dany a ter-

---

[2] CASTELLÓ, Gonçal. Un sopar de roders, a «*La vetla d'En Pere Ruixes*» de Vicent Franch, Ed. Prometeo. València 1978.

[3] COMENGE DALMAU, Rafael. *Micalet o el honrado sin honra.* 1930 (exemplar mutilat i sense més referències).

cers o força major és perseguit injustament, fuig a muntanya; i la terra, en forma de cova, li dóna refugi. Troba altres perseguits i arriba a ser cap de la colla per la seua intel·ligència i la seua bondat. Sol ser amic i protegit del rector i l'enemic del ric, vell i dolent cacic de la comarca. Algun traïdor el ven, però sap, astutament i providencial, fugir de presons o de custòdia de soldats o ajudar els seus companys a evadirse. És l'àngel protector dels llauradors oprimits que el veneren i l'ajuden, i, inclús, en el cas de Micalet Mars, és liberal front al cacic conservador i corrupte. Sent indultat després de quaranta anys de viure d'esquena a la llei, arriba a ser alcalde estimat pel seu poble.

Es veu clar, doncs, que el nostre personatge central i les seues circumstàncies casen perfectament amb els cànons del bandolerisme que produí la història i mitificà la literatura. És més, Josep Franco afegeix els orígens desconeguts i el primitivisme original, el desconeixement del món per part del personatge. Tanmateix, hi trobem diferències, a part de les pròpies de l'estil literari personal i/o d'època, especialment de to narratiu, actitud i intencions de l'autor. Mentre Comenge parla des de dins del món de ficció i intenta convéncer-nos de la grandesa èpica que forneix aquest món, J. Franco no s'ho creu ni fa res perquè siga creïble. Els aspectes versemblants, la història, la literatura, els personatges, els mateixos narradors són desmitificats[4]. A poc a poc ens adonem del joc de l'autor que no guarda, especialment als darrers capítols, les mínimes compostures que, suposem, l'autor deu a les seues criatures i als lectors. Vol que no ens oblidem que la literatura, la ficció, tot i que s'extrau de la realitat, sempre és ficció. I que ell, l'autor, mana des de la seua omnisciència, barrejant realitat i fantasia. L'heroi no

---

[4] Per la seua ironia i antilirisme li escauria perfectament aquesta frase de J. Fuster sobre Pla: «l'humor de Josep Pla desmitifica tot allò que toca». FUSTER, Joan. Literatura catalana contemporània. Ed. Curial. Barcelona, 1972.

és autònom, lliure, sinó una creació literària que encara que hagués existit, resta supeditada a les seues pròpies regles.

I tot açò, com ja hem esmentat, pot ben bé relacionar-se amb l'època actual de crisi, inseguretat i qüestionament total. Micalet Mars triomfa perquè el seu autor, clar partidari de la monarquia liberal, ens presenta la seua opció com un ideari de canvi positiu per a l'època. Eugeni fracassa com ho fan la majoria dels personatges de les narracions de J. Franco, perquè aquest ens deixa entreveure pocs entusiasmes o esperances de canvis socials: «I per això, a la Ribera, encara hi ha persones que esperen que torne Eugeni el Frare, per acabar amb la injustícia de la terra»[5]. El narrador parla des del 1978, i només li falta afegir: que prenguen cadira, que els hi caldrà.

Literàriament i històrica, Eugeni és definit com un roder estereotípic ja que l'autor no debades, com Eugeni, viatja amb freqüència al passat a través dels llibres d'història i adjacents i parteix d'una base documentada amplia.

De resultes d'aquestes lectures ha situat algunes narracions en aquestes cronologies i ha publicat diversos articles periodístics sobre el bandolerisme i la versió moderna d'aquest, el *maquis* de la postguerra espanyola.

I malgrat la seua documentada informació, és palés que estalvia dades i referències històriques, ens les dóna camuflades i aigualides, i ens encoloma alguna errada i/o anacronisme manifest (com la cronologia del tren Carcaixent-Gandia-Dénia o les referències a George). Tot això és producte d'una clara intencionalitat: la seua no és una novel·la històrica a l'ús, amb glossa i divulgació al servei de la història, sinó una manipulació literària d'aquesta. Perquè allò realment important no és la desamortització de Mendizábal, el caciquisme, els avalots revolucionaris o la caiguda d'Isabel II

[5] FRANCO, Josep. *L'últim roder*. (Final del capítol XXX).

i la proclamació de la Primera República. Els esdeveniments importants són els que origina o pateix Eugeni *el Frare* i els seus amics, i els elements històrics gràcies poden donar perquè els és permés aparéixer a contrallum i en un pla secundari.

3.2. ELEMENTS TEMÀTICS: ENTRE L'IDEALISME ABSTRACTE I EL ROMANTICISME DESIL·LUSIONAT

Deia Goldman que «la novel·la es caracteritza per ser la història d'una recerca de valors autèntics de manera degradada, en una societat degradada». Aquesta definició s'avé perfectament amb el nivell dels fets (anècdota), el dels conceptes (tema) i l'organització d'ambdós (estructura) de l'obra a estudiar, perquè tota gira al voltant d'aquesta recerca i els seus resultats.

Llegint *L'últim roder* no fem més que seguir el procés d'aprenentatge que realitza Eugeni per comprendre el món i per assolir uns valors autèntics i absoluts (unes àmplies aspiracions de veritat, bondat, llibertat, solidaritat, justícia, amor) en una estreta realitat, en una societat degradada i en crisi (l'Espanya i el País Valencià de la segona meitat del segle XIX) on no són precisament aquests valors els més preats sinó que impera una degeneració antagònica d'aquests (engany, maldat, explotació, servilisme, egoisme, despotisme, odi...) que, a més a més, perseguiran constantment el protagonista.

La recerca d'Eugeni, constant de molts personatges creats per Josep Franco, s'exerceix cap a l'interior (pensar, reflexionar) i cap a l'exterior (actuar, lluitar)[6], com un nou Andrés

---

[6] LUKÁCS, Georg. *Teoría de la novela*. Edit. Edhasa. Barcelona 1971. «Mentre l'estructura psíquica de l'idealisme abstracte es caracteritzava per un excés d'activitat, desplegat cap a l'exterior i que res no podia impedir-lo, ens trobem ací (novel·la del XIX) una tendència a la passivitat, a esquivar més que a assumir els conflictes i les lluites exteriors, la tendència a acabar, a l'interior

Hurtado[7] que serà abocat al fracàs perquè, com en *D. Quixot*, heroi de l'idealisme abstracte, és palesa la inadequació entre la seua interioritat, la grandesa de la seua ànima, i el resultat de les seues aventures. Açò esdevé així perquè, en un principi, la seua consciència és massa estreta per comprendre la complexitat del món exterior que li és assignat com a teatre i substrat dels seus actes i, per això, la seua trajectòria vital és d'aprenentatge, però un aprenentatge sovint degradat: coneixença i aplicació de les trampes, enganyar per a no ser enganyat, en línia amb la tradició de la novel·la *picaresca* castellana.

Caldria només, després d'haver parlat, encara que sumàriament, dels fets, dels atributs i els conceptes als quals serveixen de suport els personatges, arrodonir aquests aspectes definint el tema principal com un enfrontament entre els valors humans materials —negatius— contra els espirituals amb el triomf dels primers. O el que és el mateix: la impossibilitat d'aconseguir el triomf en la lluita per una vida, per un món millor, on són culpables igualment l'individu, la societat i el mateix destí.

3.3. ELEMENTS ESTRUCTURALS

3.3.1. FETS I ESTRUCTURA

L'autor organitza els fets i les idees segons la seua voluntat estètica i al voltant d'uns eixos bàsics que formen allò que anomenem estructuració d'allò més clàssica, tal com era habitual als narradors realistes del XIX, on es daten els fets.

---

de l'ànima i per les seues pròpies forces, amb tot allò que puga afectar-la». Pàg. 122.

Són els factors externs, primordialment, els qui vénen a trencar l'harmonia del personatge, els conflictes li venen de fora.

[7] Baroja, Pío. *El árbol de la ciencia*. Edit. Alianza. Madrid 1978.

Captem una perspectiva o una relació causal i els esdeveniments se'ns narren, tret de l'epíleg que fa de resum final, de traca, perfectament ordenats i conseqüència els uns dels altres.

Quant a la perspectiva temporal, els fets tenen un ordre progressiu en el temps. Es tracta d'una narració inicial que arranca del passat, de quan esdevingueren els fets, cap al present[8]. L'esmentada linealitat es veuria mínimament trencada pels dos únics narradors secundaris que tenen veu pròpia al relat: el germà Pere que fa una visió retrospectiva de la seua vida (capítol VI) i la gitana que, amb les seues prediccions, igual fa referència al passat que al futur (capítol XVIII).

3.3.1.1. L'ESPAI

Ja hem indicat la importància de determinats llocs —la vall, el convent i la cova— que jugant a interpretacions freudianes podrien simbolitzar el claustre matern, la mare que tant li ha faltat, a Eugeni. Ell sol la descobreix, fa seua la cova, i allí es refugia quan pega la pedrada a Antoniet i li retrauen els pocs honrosos orígens. Amb Antoniet, la compartirà per l'amistat i el joc, i s'hi refugia quan fuig, perseguit, del convent denunciat pel nou prior. Torna a la vall-cova amb un cert pla triomfador quan, després de la Gloriosa, els nous aires de llibertat poden integrar-lo. I de la cova farà el quarter general de la partida, arsenal i rebost. Morirà en la cova (final capítol XXX), eixida eterna, amb l'amistat en contra —Antoniet— i l'amor convertit en mort —Remeiets—.

---

[8] A l'epíleg, fora ja dels fets, es parla que les fàbriques de Ximo a Cuba havien estat nacionalitzades. Açò ens situa després del 1959, any del triomf de la revolució castrista.

3.3.1.2. EL VIATGE

Viatjar era un dels motius literaris bàsics de la picaresca com a fórmula d'aprenentatge i excusa per a donar-nos a conéixer escenaris, ambients i personatges diferents. En aquest sentit, Eugeni és el típic *homo viator* i cadascun dels nuclis bàsics estarà marcat per les seues anades i tornades que, com veurem després, també tenen un valor estructural i significatiu.

El primer nucli se centra en els viatges per la vall. S'inicia quan el deixen a la porta del convent i s'acaba quan l'obliguen a anar-se'n.

El segon nucli abraça el periple per les comarques centrals del País Valencià i, especialment, València. Serà també important en aquesta etapa la seua estada per Andalusia i després Alacant, d'on tornarà a la vall de nou.

Al tercer nucli, els trajectes seran més curts —la Ribera, la Costera i la Safor— i tornaran sempre a la vall, on sembla que finalment reposa després de tan fatigosa marxa.

3.3.1.3. DE PERSONATGES I APRENENTATGES

Sense entrar a valorar les coincidències de *L'últim roder* amb la novel·la picaresca (els orígens sense honra, el viatge, la mala fortuna, les aventures, el desig d'ascensió o integració social, etc.), sí que voldríem insistir una mica en un dels trets recurrents de la *picaresca* amb què l'obra estudiada més coincideix: el procés d'aprenentatge en l'escola de la vida com a escola d'enganys, i el seu complementari, la lluita per la vida. Ambdós són part del mateix procés de coneixement i domini i són peça clau en l'estructuració de l'obra.

El vell refrany de «voler-se és fer-se» sembla transformat per Eugeni en «conéixer és fer propi, dominar». Ell té un deler especial en fer seu allò que coneix perquè ell no ha tingut ni pares coneguts. Comença dominant el convent amb els seus plors, la vall i la natura que espia a diari, i més tard, amb la ajuda d'altres i la seua experiència, intentarà ampliar el seu angle de domini. Seran el seu propi món —Remeiets— i les bales descobertes per ell els qui el mataran.

La primera etapa des d'aquest punt de vista seria d'iniciació, de descoberta del món pròxim lluitant amb ell per dominar-lo i estimar-lo: conéixer la natura (arbres, plantes, llocs); esbrinar els seus orígenes; enfrontar-se i/o estimar les persones que entren al reducte conegut de la vall (xiquets, nou prior, militars, carlins); copsar els grans conceptes de llibertat, amistat, família, amor i rebel·lió aliena, bandolerisme (el germà Pere) injustícia, opressió en la pròpia carn i fugida (nou prior)...

La segona etapa és la coneixença del món exterior. Com aprenent i impulsat pels altres lluita per la vida en desigualtat de condicions. Eugeni, fruit de la il·legalitat, en ser arreplegat pels frares, entra dins del sistema del convent i rep una certa legalització. En ser expulsat del seu paradís ix a les tenebres del món exterior i ja per sempre més romandrà fora de la llei.

En el seu procés d'adaptació de la vida conventual i de bon salvatge a la vida social, tot li semblarà grandiós i conflictiu. I així coneixerà el primer nucli urbà (la Barraca d'Aigües Vives), els primers vestits civils i el valor material de les coses al mateix temps que els primers enganys.

El personatge de Ximo oficiarà la cerimònia d'ingrés, de presentació en la societat —la de l'engany, clar— i com el cec amb *el Lazarillo*, però de forma més suau, sense cabotades al bou de pedra, li obrirà els ulls. Amb aquest mestre en picardies iniciarà el seu aprenentatge extern bàsic passant ambdós per lluites inassumides i desdibuixades a favor de grans principis.

Com a contrapunt, George serà l'amic i mestre de maduresa i bondat, que ampliarà i donarà un sentit més universal als ensenyaments anteriors. Representa la raó, la reflexió, ja que no debades la seua matèria bàsica eren els llibres: la Bíblia.

El pronòstic indefugible de la gitana, l'experiència de Sierra Morena, van familiaritzant el protagonista amb la ruda i cruel vida. Aquestes experiències finalitzen el procés d'aprenentatge i el condicionen per a ser autònom.

La tercera etapa és la consumació. Eugeni passa d'alumne a mestre consagrat i d'impulsat a impulsor en la lluita contra els principis negatius del món. Prescindeix, com *el Lazarillo*, de mestres, de cecs. Aquesta etapa, plena de moments d'acció (assalts a trens, furts grandiloqüents, emboscades, triomf i traïcions) substitueix la reflexió per submissió amorosa i al propi destí, com un personatge a l'ús del drama romàntic. El personatge s'aboca a la destrucció car literàriament ja ha cobert les seues etapes i no pot aportar res de nou a la trama. Mor, com ja hem indicat, i la boira que cobria els seus orígens envolta també el seu final, incloent la tomba.

Aquesta etapa resulta la més buida del llibre per tal com les seues coincidències i truculències de «tebeo» o de pel·lícula d'espadatxins, les exageracions i la ironia de l'autor, deixen al descobert, i hem explicat les possibles intencions, els fils i les màscares d'aquests titelles, i això, encara que ja sabem que són ninots, sempre dol.

3.4. FORMA I ESTIL: ALGUNES REFLEXIONS

Cadascú dins del seu idioma té el propi territori lingüístic, aquells registres que li són més coneguts. Tanmateix, una de les característiques més pròpies, més normals, del llenguatge literari és l'estranyament o el desviament de l'ús general, estàndard del llenguatge. I voler, per tant, normalitzar, generalitzar el llenguatge literari fóra tant com limitar la velocitat i fer complir tots els preceptes de la circulació quotidiana als participants en una competició automobilística de les anomenades de fórmula 1.

Tampoc no vol dir que a més desviament correspon una major o menor qualitat literària. No és, com sempre que es parla d'aspectes artístics, qüestió de quantitat sinó de qualitat. I el gust i la valoració estètica varien segons els contextos i les situacions en què es produesca l'obra literària.

És ben segur que una gran quantitat de lectors assenyalaran com un dels factors més positius d'aquesta obra la senzillesa, l'aparent normalitat expressiva. Tanmateix, aquesta transparència pot ser el resultat d'un procés d'elaboració, d'una tasca de simplificació volguda per l'autor i/o aconsellada per l'índole de la mateixa obra.

L'expressió lingüística de Josep Franco sintonitzarà fàcilment amb el gran públic lector perquè l'autor, ni pel contingut (dins dels àmbits de la rondallística tradicional sense necessitat de tecnicismes ni cultismes), ni per l'època representada (perfectament assumible per un llenguatge actual sense necessitat d'anacronismes o neologismes extraordinaris), ni per la intenció estètica d'una obra primerenca que potencia la comunicació amb el lector per damunt dels experimentalismes minoritaris, pretén allunyar-se d'una atmosfera lingüística coneguda.

A més, busca l'ús d'un llenguatge estàndard que, dintre de la correcció normativa, tendeix a apropar-se a les solucions lingüístiques més conegudes, encara que siguen més localistes, front a d'altres més literàries i menys dialectals, però no tan comunes de les zones veïnes a l'autor. Aquest pensa en uns receptors concrets que, encara que una certa entrada dels llibres a l'ensenyament puga ampliar, no seran, malauradament de latituds gaire llunyanes. En aquest sentit predominen totalment les variants d'allò que podríem anomenar subestàndard valencià: *pense* i no *penso*, *diga* i no *digui*, *seua* i no *seva*, profusió de diminutius...

Amb aquestes contencions literàries, passa com amb la castedat, el règim alimentari o la privació dels plaers, que si és voluntària i assumida, diuen, pot ser, fins i tot, una virtud positiva; però si és per falta de mitjans, de voler i no poder, la cosa es torna repressió, impotència. En el cas de *L'últim roder*, no cal dir-ho, la contenció és assumida.

Al llenguatge literari no se li poden posar portes que no siguen intencionades i literàries, ni demanar exclusivament un nivel lingüístic senzill o casolà. O els productes literaris es normalitzen i es diversifiquen, cobrint totes les possibilitats expressives, per a les quals hi ha diversificació de demanda i creant-ne de noves, o no eixiran mai del clot la nostra llengua, la nostra literatura, el nostre poble.

S.B.

La Pobla del Duc (la Vall d'Albaida), Nadal del 85.

ÍNDEX GENERAL D'AUTORS (dels 40 als 80)

Aquesta relació podria ser més llarga —o més curta, segons es mire. Sols pretén situar els narradors valencians en una panoràmica general bàsicament cronològica. Els hem distribuïts en dos grans blocs:

A) Etapa de subsistència (dels 40 als 70)

Sense entrar a valorar-ne la qualitat intrínseca o el seu impacte posterior, tenen el gran mèrit de mantenir viva la flama de la llengua i el seu conreu literari, tot evitant així que el passat fos un temps perdut.

No pretenen ser exhaustius, per tant sols hi figuren novel·les i reculls de narracions, amb la qual cosa queden al marge una desena de narradors que sols escriviren contes.

B) Represa. Intents de normalització (anys 70)

Vivificació cívica, lingüística i literària, especialment a partir del 74 i dels premis Octubre, etapa que coincideix amb la pre-democràcia. A l'apartat C sols volem diferenciar els qui publiquen i guanyen premis ascendentment a partir dels 80.

TAULA DE NARRADORS

A) Etapa de subsistència (dels 40 als 70)

Ernest Martínez Ferrando (València 1881-1965).
*Les llunyanies suggestives i altres proses** (1918).
Una dona s'atura en el camí (1935).
*L'altre geperut i alguns contes més** (1963).

Maria Ibars i Ibars (Dénia 1892-1965).
Vides planes (1962).
L'últim serf (1965).
*A l'ombra de Montgó** (1965).

Antoni Igual Úbeda (València, 1907).
Delers de jovença (1964).

Martí Domínguez i Barberà (Algemesí, 1908-1984).
Els horts (1972).

Jordi Valor i Serra (Alcoi, 1908).
*Històries casolanes** (1950).
*Narracions alacantines de muntanya i vora mar** (1959).
El cas de Lina Morell (1964).
*De la muntanya i de vora mar** (1975).

---

* La presència de l'asterisc indica que es tracta d'un recull de narracions.

Enric Valor i Vives (Castalla, 1911).
*Rondalles valencianes** (3 vols., 1950-51-58).
*Narracions de la Foia de Castalla** (1958).
L'ambició d'Aleix (1960)
Sense la terra promesa (1980).

Miquel Adlert i Noguerol (Paterna, 1911).
I la pau (1953).
El salze a la sendera (1953).
*Cor al nu** (1956).

Beatriu Civera (València, 1914).
Entre el cel i la terra (1956).
Liberata (1957).
Una dona com una altra (1961).
La crida indefugible (1969).
*Vides alienes** (1975).

Maria Beneyto i Cunyat (València, 1925).
*La gent que viu al món** (1966).
La dona forta (1967).

B) Represa, intents de normalització (anys 70)

Joan Francesc Mira i Casterà (València, 1939).
El bou de foc (1974).
*Els cucs de seda** (1975).
El desig dels dies (1981).
Viatge al final del fred (1983).

Amadeu Fabregat (Torreblanca, 1948).
Assaig d'aproximació a «Falles folles fetes foc» (1974).

Josep Gandia Casimiro
Dentadura postissa (1975).
Crònica dement (1983).

Carmelina Sánchez-Cutillas
Matèria de Bretanya (1976).

J. B. Mengual «Isa Tròlec» (Sanet i Els Negrals, 1945).
Ramona Rosbif (1976).
Mari Catúfols (1978).
Bel i Babel (1980).
7×7=49 (1984).

Josep Rausell (Gandia, 1926).
La guerra comença ara (1978).

Josep Lluís Seguí (València, 1945).
Espai d'un ritual (1978).
Diari de bordell (1979).
Projecte per a destruccions (1980).
*Quadre de cavalls i altres narracions** (1980).
M. o un assaig de llibertina (1981).
Biografia de J. L. (1982).
Comèdia (1984).
Cuit a foc lent (1985).

Rafael Ferrando
Això diu que era (1978).
Trossos i mossos (1982).

Josep Piera (Beniopa, 1947).
Rondalla del Retorn (1978).
El cingle verd (1982).
L'estiu grec (1984).

Ferran Cremades i Arlandis (Bellreguard, 1950).
Coll de serps (1978).
La regina de la pobla de les fembres peccadrius (1980).
La lluna del temps (1984).
Café fet exprés (1985).

Isabel Clara Simó (Alcoi, 1943).
*És quan miro que hi veig clar** (1979).
Júlia (1982).
Ídols (1985).

Gonçal Castelló (Gandia, 1912).
Sumaríssim d'urgència (1979).

Lluís Fernández (València).
L'anarquista nu (1979).

Empar de Lanuza (València, 1950).
El savi rei boig (1979)...

Josep Lozano i Lerma (Alginet, 1948).
*Crim de Germania** (1980).
*Històries marginals** (1982).

C). Una «eclosió» continguda (els anys 80)

Joan M. Monjo (Gandia, 1965).
Oh! (1980).
Ducat d'ombres (1982).
Les ales d'Àngel Vidal (1985).

Joan Pla (Artana, 1945).
Mor una vida, es trenca un amor (1981).
La màquina infernal (1985).
L'Òmicron (1987),

«Boro» Miralles (L'Alcúdia, 1954).
Sandwitx de fil-en-pua (1981).

Joan Oleza
Tots els jocs de tots els jugadors (1982).

Rafael Ventura Melià (Riola, 1948).
Àmbit perdurable (1982).

Josep Franco i Martínez (Sueca, 1955).
La molt estranya vida de Pere Milà (1983).
Calidoscopi (1983).
El misteri de l'aigua (1985).
L'últim roder (1986).
*Antropologia parcial** (1986).
Som Irrepetibles (1987).
Aldebaran (1988).
La Sal (1989).

Ferran Torrent (Sedaví, 1951).
La gola del llop (1983).
No emprenyeu el comissari (1984).
Penja els guants, Butxana (1985).

Jordi Querol (Castelló de la Plana, 1955).
Moisés Mercé (Castelló de la Plana, 1963).
Abans moros que catalans (1984).

Manuel Joan i Arinyó (Cullera, 1956).
*Gris** (1985).
*Han donat solta als assassins** (1985).
*Stress** (1985).
*Coses de folls** (1985).
Tot en ordre (1986).

Josep Gregori Sanjuan (Alzira, 1959).
Romànica ficció (1985).
*Tirar les cartes** (1986).

BIBLIOGRAFIA GENERAL

BROCH, Àlex. *Literatura catalana dels anys setanta*. Ed. 62. Barcelona 1980.

—*Sobre la generació literària dels setanta*, a «Cairell. Revista de Literatura», núm. 8, abril 1981. València.

COVES I MORA, Maite. *Calidoscopi. Josep Franco* a «El·lipsi», núm. 1. Ed. CEIC Alfons el Vell. Gandia, 1985.

—*La novel·la històrica a casa nostra*, a «El·lipsi» , núm. 1. Ed. CEIC Alfons el Vell. Gandia, 1985.

FERRER I SOLIVARES, Enric. *Literatura i societat. País Valencià, segle XX.* Ed. Eliseu Climent. València 1981.

FUSTER, Joan. *Literatura catalana contemporània*. Ed. Curial. Barcelona 1972.

IBORRA, Josep. *La novel·la al País Valencià*, a «Arguments» núm. 3, València. Ed. L'Estel 1977.

—*La generació del 70: una nova narrativa al País Valencià a* «L'Espill» núm. 3. Ed. 3 i 4. València 1979.

MARTÍ I OLIVELLA, Jaume, i altres. *Antologia de la narrativa catalana dels 70*. Ed. Pub. Abadia de Montserrat. Barcelona 1980.

MARTÍNEZ, Miquel. *«Calidoscopi» novel·la guanyadora dels Octubre-84* (sic), a "Información". 24/5/84. Alacant.

MUÑOZ, Teresa. *Les darreres aportacions en la narrativa*, a «Història de la Literatura Catalana». Fascicle 23. Ed. 62 i Orbis. Barcelona 1984.

OLEZA, Joan. *La situació actual de la narrativa: entre l'autofàgia i la passió de contar*, a «Trellat» núm. 4. Ed. Eliseu Climent. València 1984.

PI DE CABANES, Oriol i Guillem JORDI GRAELLS. *La generació literària dels setanta. 25 escriptors nascuts entre 1939 i 1949*. Ed. Pòrtic, Barcelona 1971.

SALVADOR, Vicent. *Novel·la de les arrels i experimental. Una panoràmica de la novel·la valenciana*, a «Diario de Valencia», 14/4/82. València.

SAN ABDON, Josep Manuel. *Dues novel·les de Josep Franco*, a «Mediterráneo». 8/6/84. Castelló de la Plana.

SÒRIA, Enric. *Calidoscopi*, a «Noticias al día», 5/2/84. València.

SULLÀ, Enric. *El viatge a Ítaca: Reflexió entorn de la novel·lística més recent*, a «Els marges», 3 de gener de 1975. Barcelona.

TRIADÚ, Joan. *La novel·la catalana de postguerra*. Ed. 62. Barcelona 1982.

SÓN LOS BANDOLERS BARONS
I LOS BARONS BANDOLERS

L'ÚLTIM RODER

I

Després de les pregàries de la nit, quan ja el convent descansava plàcidament, acaronat per la foscor perfumada de la vall, els frares sentiren trucar a la porta. Alarmats per la violència dels colps, en aquelles hores tan intempestives, els disciplinats religiosos anaren a consultar amb el prior, que també havia sentit els sorolls.

Justament aquella nit, mentre els frares sopaven a l'humil refectori del convent, les converses a mitja veu havien girat al voltant d'aquells temps anàrquics i bàrbars que els havia tocat viure. Per les notícies que, de tant en tant, arribaven de fora del convent, els frares anaven assabentant-se de les expropiacions, les violacions, els incendis i els assassinats, molt sovint impunes, que la gent perpetrava contra els homes com ells. I aquella nit, com totes les nits des de feia alguns mesos, els frares es retiraren a les seues cel·les convençuts que, qualsevol dia, una colla d'heretges arribaria al convent per tirar-los al carrer i cremar totes les santes imatges i tots els estimats llibres, fossen o no de tema religiós.

I ara, per les aparences, els havia arribat l'hora. Alguna mà ben poc amiga seguia trucant a la porta amb una força i una violència que no amagaven per a res les intencions de la visita.

Els pobres frares imaginaven que, si obrien la porta, es trobarien amb un batalló sencer de soldats o mercenaris, absolutament ateus, disposats a tirar de la seua casa aquells homes humils i sants, sense voler atendre cap raó.

L'hàbit no els tocava la pell i, després de ràpides consultes a mitja veu, acabaren decidint que defensarien el convent com un sol home, fins a la darrera gota de la seua sang. Els qui eren a la porta continuaven trucant, i la ferocitat dels colps no donava gens ni mica d'ànims als pobres religiosos. I no és que fossen uns covards, ni molt menys, però la veritat és que ells no estaven fets a la violència i tot allò els causava un terrible desassossec.

—¡Senyor, senyor, i quins temps del dimoni! —Va dir el prior. I pensà per què els havien de passar, justament a ells, aquelles coses, tan tranquils com vivien a la seua vall, lluny de tot i, al mateix temps, tan a prop de la vida senzilla, de les alegries i els sofriments quotidians dels habitants dels pobles riberencs.

Enmig del rebombori i del vol dels hàbits que anaven i venien, el prior, per fi, armant-se de valor, va aconseguir d'imposar una miqueta l'ordre, dient als seus frares que allò semblava un corral de gallines i recordant-los que, malgrat els hàbits, que tant s'assemblaven a les faldes, ells, que eren homes drets i fets, tenien l'obligació de ser valents i de lluitar com lleons si calia, amb l'ajuda de l'Altíssim, quan es tractava de defensar les coses sagrades que aquells heretges amenaçaven.

Trencant l'espés silenci que va seguir les assenyades paraules del prior, uns frenètics colps contra la porta avalotaren els cors dels pobres frares. En això, sentiren clarament com se n'anava un cavall i tots pensaren de seguida que la seua audaç resistència havia obligat el capità de la tropa a enviar algú per reforços.

Continuar resistint heroicament mentre aguantàs la porta era la consigna que els frares anaven passant-se els uns als altres només amb la mirada, perquè no gosaven obrir la boca. Els més vells estaven emocionadíssims, i unes espurnetes que lluïen als seus ulls delataven l'alegria que sentien en pensar que anaven a convertir-se en màrtirs i que, amb una miqueta de sort, podrien acabar dalt d'un altar. Però als més joves no els feia gens de gràcia aquella perspectiva dels altars. O, almenys, no els hauria agradat que fos tan prompte.

El prior, que era de mitjana edat, hagué de posar-se en tall de raó, i recordant les ensenyances evangèliques i les escriptures dels més alts doctors de l'església, va explicar que la cosa consistia, principalment, a mantenir-se drets i forts per *saecula saeculorum*. Després, amb un pragmatisme molt valencià, acabà amb aquestes paraules el seu discurs:

—I recordeu, fills meus —va dir en veu molt baixa— que la comunitat cristiana sempre sabrà traure un bon partit d'un frare viu, capaç de donar guerra, mentre que un munt de frares morts, per molt heroics que siguen, són incapaços de fer res, encara que el seu exemple ajude a ben morir algunes persones en el futur. De manera que no hem de prendre les coses amb tanta resignació com voldrien els germans grans, ni amb tanta desesperació com puc descobrir a les cares dels joves. Recordem les paraules del vell mestre Llull: «Oh, com segures són les vies mitjanes, car los estrems no procuren repòs».

Feia ja cosa de mitja hora que els de fora no trucaven, però els frares encara seguien discutint amb mitges paraules. Ningú no ho veia clar i, per acabar d'arreglar-ho, fra Ricard, l'encarregat de la neteja, digué, amb veu ben alta i clara:

—Aquest silenci només pot voler dir una cosa: estan preparant l'assalt definitiu i el nostre extermini!

Immediatament, abans que el pànic que s'havia apoderat dels frares no provocàs alguna desgràcia irreparable, el prior va decidir que, malgrat tot, calia obrir per veure què passava.

Era una nit freda i fosca de novembre quan els frares, armats de valor i de fe, avançaren cap a la porta altíssima del pati del convent, decidits a obrir-la i a enfrontar-se amb el greu i desconegut perill que els amenaçava a l'altra part.

Quant tots els frares havien arribat ja davant la porta i estaven com petrificats sota les nombroses estrelles del cel valencià, el prior, cautelós, avançà un pas i, amb gest decidit, va fer córrer el pestell, amb un soroll esgarrifós. Després llevà els dos grans forrellats i es disposà a obrir el pany amb una clau enorme.

Els frares, amagats sota les seues caputxes, no gosaven mirar al davant per por de veure el nombrosíssim exèrcit que els tenia assetjats amb el trist, però ferm propòsit, de furtar-los les terres i tots els altres béns de què gaudien per la gràcia de Déu.

Quan va obrir la porta, el prior no pogué silenciar un gemec de sorpresa i, malgrat estar ja ben previngut per a qualsevol cosa, va caure a terra de genolls.

II

Vestida només amb uns draps escassíssims, la pobra criatura estava a punt de morir-se de fred. El prior, davant els sorpresos ulls dels seus frares, va recollir d'un racó la petita cistella i, rodejat pel goig i l'alegria dels religiosos, entrà dins del convent tornà a tancar, al seu darrere, la grandíssima porta.

Aquella nit no va dormir ningú al convent. Els frares estaven absolutament desvanits i en tenien bona cosa de motius. Quan el prior va recollir de terra la cistelleta, tots havien decidit ja, tàcitament, que anaven a fer-se càrrec del xiquet, que anaven a vestir-lo, educar-lo i alimentar-lo com si fos fill de tots ells alhora. Per fi, quan ja era quasi l'hora de maitines, havien deixat el xiquet còmodament instal·lat en una de les cel·les del convent, ben calentet entre les mantes, ben llavat i ben menjat. Només aleshores, el bon prior va poder retirar-se a examinar les altres coses que hi havia dins la cistella. Després, aquell sant home guardà l'arqueta de fusta i la carta en un lloc segur i secret. Ningú no va saber res de tot allò sinó molts anys més tard.

El convent s'acabà de construir una preciosa primavera, ja fa molts anys, precisament el dia de Sant Eugeni. Per això, quan tots començaren a fer-se a la rara idea que el xiquet era d'ells, els frares decidiren que l'haurien de batejar amb el venerat nom d'Eugeni.

Fra Vicent, el cuiner de la comunitat, en va ser el padrí, després de moltes discussions i d'un sorteig, i el bateig, dins els límits marcats per l'estreta disciplina de la congregació, va ser una festa inoblidable per a tots els frares. I, a partir d'aquell dia, Eugeni va ser un membre més del convent, encara que amb unes característiques una mica especials.

De primer hora, fra Vicent hagué de lliurar duríssimes baralles amb la criatura, per tal d'aconseguir que menjàs amb una certa normalitat. D'aquell temps, quan les sopes o els purés de fra Vicent acabaven sempre embrutant les parets o el sostre de la cuina o del refectori, però mai no dins l'estómac d'aquella fera amb aparença innocent, li ve al xiquet el seu segon nom, *Mal Geni*, el qual, com sol passar, després dels anys i dels fets, acabà per ser el primer.

Finalitzada, segons tots els indicis, l'etapa de les batalles gastronòmiques, quan la paciència i les bones arts del vell cuiner venceren la tossuderia insensata del xiquet, el bocinet de carn rosada que havien trobat els frares una nit, a la porta del convent, començava a tenir una certa consistència. Però l'alegria comunitària va durar ben poc. De seguida, començaren a voler eixir-li les dents i, cada nit, el convent, abraçat pels silencis i per la frescor de la vall, retronava sinistrament amb els plors intempestius de la criatura.

Després, quan allò de les dents començà a calmar-se i els frares van poder gaudir, per fi, durant alguns dies i algunes nits, de la tranquil·litat tan enyorada, el xiquet va descobrir, absolutament entusiasmat, que tenia boca i que, amb aquella boca podia, segons la seua voluntat, fer riure o capficar o fer somriure o fer plorar els soferts frares, els quals, per si de cas, no li llevaven l'ull de damunt.

I com es veu que el xiquet pensava que ja els havia fet plorar massa, mentre contemplaven, impotents, com li eixien les dents, la criatura començà a fer gracietes. Però, desgraciadament, les ganes de fer gracietes li venien sempre a les hores més altes de la nit, com si l'inconscient record de la seua arribada a la vall li fes sentir una gran inclinació per la nocturnitat. I cada dia, segons anava avançant la nit, el somriure dels frares anava convertint-se en un rictus de resignació, mortificació i paciència inesgotables. El prior, vista la impotència per arreglar les coses d'una altra forma, solia arengar els seus homes recordant-los que les altes esferes celestials sabrien recompensar eternament aquella dura vida de sacrificis.

Però, amb penitència acumulativa o sense ella, el cas és que el convent de la vall s'assemblava cada vegada més a una comunitat de cadàvers vivents. Tan grocs i tan ullerosos anaven els pobres frares per la vida quan, per fi, la negra nit era derrotada pel dia triomfant i la terrible fera simpàtica es quedava dormideta, com un angelet, fins a la nit següent.

Aquesta conducta anàrquica, que devia resultar tan divertida per a la criatura, va ser la causant, literalment, de la mort de dos dels frares. L'un era un home ja major, que passà pel convent i per la vida sense pena ni glòria, el qual no pogué resistir tantes nits sense dormir i tants dies de treball esgotador, al camp, sense que el seu cos hagués gaudit l'imprescindible repòs.

L'altre, per desgràcia, era fra Vicent, cuiner de la comunitat i padrí d'Eugeni. Un home exemplar i humil que va morir, satisfet i feliç, quan ja havia aconseguit de fer caminar, menjar i, quasi, dormir amb normalitat, el xiquet que havia pres al seu càrrec una freda nit de novembre.

R. I. P.

ETERNAMENT

FRA VICENT

Els anys, després de totes aquelles aventures, començaren a passar molt lentament, amb una certa monotonia. Quan

Eugeni va arribar a l'edat apropiada va rebre, amb singular aprofitament, les sàvies lliçons de fra Ramon, arxiver i bibliotecari del convent, el qual li va ensenyar moltíssimes coses de profit que l'ajudaren, al pas del temps, a ser un home com Déu mana.

Però els frares, com abans, continuaven preocupats per la situació política i per les conseqüències que podria tenir per a ells. I la veritat és que tenien bons motius per a preocupar-se'n, perquè les revoltes, les agitacions, les barricades i els incendis de tota mena eren cada vegada més nombrosos i més atrevits. I com els qui tenien a la seua mà la solució dels conflictes no volien cedir ni un pam i els altres, famolencs i desesperats, no tenien massa coses a perdre, llevat de la pròpia vida, la cosa feia cara d'anar per a llarg.

I els frares, que estaven apartats del món, però no tant, solien comentar aquestes coses molt sovint i tractaren de ser neutrals, perquè, encara que les autoritats volien fer creure que els avalotats cremarien totes les esglésies i tots els convents, i assassinarien totes les monges i tots els frares, ells estaven convençuts que la sang no arribaria al riu. Ells no feien mal a ningú, ni s'havien posat mai al costat dels qui manaven o dels qui volien ser manats amb una miqueta menys d'èmfasi.

¿Però qui, en una situació com aquella, hauria pres decisions heroiques, que era tant com dir suïcides? Aquells pragmàtics frares, almenys, no.

Per això, després d'estudiar detingudament l'assumpte, decidiren llogar les seues terres a una bona família de llauradors de la comarca. Aquella operació els asseguraria uns mínims ingressos mensuals i, al mateix temps, si les seues suposicions no anaven errades, els ajudaria a demostrar, arribat el moment, que les terres estaven tan ben treballades com podien estar-ho i que, en tot cas, si les coses no anaven bé, no seria per culpa d'ells, sinó per la negligència dels llauradors als qui haurien arrendat els camps.

Així, entre la possibilitat, remota, que els llevassen les terres si les reformes anunciades anaven avant, i la de poder arrendar-les a qui ells volguessen, sota les condicions que ells mateixos imposarien, els frares triaren sense dubtar massa la segona possibilitat. Era ben lògic.

III

De Sueca, vila de llauradors honrats on n'hi haja, ja ha eixit cap al convent una expedició agrària formada per una família de llauradors, un intel·ligent cavall i un carro, carregat excessivament amb part de la família i amb la totalitat dels humils mobles que solien omplir, per aquell temps, les habitacions d'una casa pobra, però pulcra.

El grup puja ara per la carretera estreta i polsosa, castigada pels raigs d'un implacable i potentíssim sol de maig. El pare i un xiquet, dels mateixos anys que Eugeni, poc dalt o baix, caminen sense pressa al costat del carro, carregat de gom a gom. El pobre cavall va suat i, com és intel·ligent, pensa si no es deixarà caure sota la primera ombra que trobe, que ja està bé la cosa.

La part femenina de l'honrada família, suada també, malgrat viatjar dalt del carro, la formen una dona i dues xiquetes. La mare és una llauradora ben acabada, sana, una mica gastada per la faena i el temps, però encara bonica. Les dues xiquetes s'assemblen tant l'una a l'altra que de lluny no es distingeixen bé, encara que és molt probable que, com sol passar, cadascuna tinga les seues virtuts i els seus defectes.

El cavall, ja francament desesperat, perquè aquell calvari sembla no acabar-se mai, enfila per fi la darrera pujada i el seu pas és encara més lent. De sobte, s'obre davant els castigats ulls dels viatgers la magnífica vall on viuran des d'ara. Una vall fresca i ombrívola on els avantpassats dels actuals frares edificaren el magnífic convent i, més endins del bosc, dues confortables casetes que, en temps passats, foren habitades per unes altres famílies de llauradors que treballaren la terra i respiraren també, com ara els viatgers, la fragància refrescant d'aquells pins i d'aquelles herbes muntanyenques.

Quan arriben, per fi, a la porta de la que serà la seua llar, el *so* Toni, satisfet i feliç, desenganxa el cavall i el deixa pasturar tranquil·lament a la incerta ombra d'un garrofer. Després, amb una cara difícil de descriure, barreja d'il·lusió, alegria i cansament justificat, el *so* Toni encén un cigarret mentre el seu fill Antoniet, la dona i les dues xiquetes comencen a inspeccionar la casa i els voltants. Hi ha el pou, una mica brut, l'estable, encara amb palla de vés a saber quin any, i el corral, ample i assolellat, on podran criar gallines, conills, titots, ànecs, coloms i qualsevol altre animal. La parra comença a verdejar, com un bon auguri, i necessita una esporgada. Hi ha també un gesmiler mig sec que caldrà fer reviure.

IV

Eugeni seguia estudiant, amb aplicació, a la biblioteca del convent, dirigit per la mà amantíssima de fra Ramon, l'arxiver. Era ja un adolescent espavilat. Sabia llegir i escriure perfectament, cantava una miqueta de gregorià, el poc que encara sabien els frares, i començava a tenir certes nocions de matemàtiques i de gramàtica llatina, disciplines que fra Ramon trobava del tot imprescindibles per poder anar tranquil per la vida.

Des que havia deprés a controlar el seu cos, Eugeni dormia sol en una de les cel·les del convent. S'aixecava de bon matí, com tots els altres frares, inclòs el prior, i anava a l'església del convent a pregar per les intencions comunitàries, que eren les que cada dia indicava el prior, i per les seues pròpies intencions, que vés a saber quines serien. Després ajudava el nou cuiner a fer el desdejuni per a tota la comunitat i, quan tots havien desdejunat i estaven preparats per enfrontar els treballs del dia amb l'ànima tranquil·la i la panxa plena, el nostre amic passava a la biblioteca del convent, on llegia, traduïa els clàssics, sumava i reflexionava, dirigit sàviament, sense imposicions però amb autoritat, per fra Ramon. Així treballava fins una hora abans de dinar. Aleshores, tornava a la cuina, feia la seua faena i dinava.

A la vesprada, segons com anassen les coses, tenia algunes hores lliures o continuava els seus treballs a la cuina o a l'hort, fins a l'hora de la vespra, quan cadascú, després de les pregàries, anava a la seua cel·la per donar gràcies a Déu i descansar, preparant el cos i l'ànima per a les faenes de l'endemà.

Naturalment, tots els frares volien Eugeni com la millor part d'ells mateixos i fra Ramon especialment. Per això, el sentimental arxiver va prendre l'educació d'Eugeni com una cosa absolutament personal. Lluitava contínuament contra la part salvatge que té dins qualsevol home i, amb no pocs esforços, va aconseguir sotmetre-la a la raó, la prudència i el coneixement. Aquest, després de tot, va ser el tresor més gran que els frares haurien pogut regalar al seu benvolgut Eugeni.

Molt sovint, el xiquet es quedava com perdut davant algun llibre gros. El frare endevinava de seguida els motius d'aquella tristor; era que Eugeni cavil·lava a l'entorn dels seus orígens, perquè volia saber qui era i com havia arribat en aquell convent. En ocasions com aquella, fra Ramon preferia dir-li que podia anar a passejar o a jugar. Així estalviava moltíssimes explicacions difícils que, d'una altra banda, haurien resultat perfectament inútils, perquè l'únic que coneixia aquells secrets era el prior i no tenia cap intenció de revelar-los.

I com que Eugeni estava dotat per la natura d'una estranyíssima, encara que explicable, propensió a la malenconia, fra Ramon es veia obligat, molt sovint, a enviar-lo a passejar.

—Eugeni —li deia—, per avui ja has estudiat prou. Véste'n a passejar per la vall i tracta de conéixer la terra on vius, que és una forma d'anar coneixent-te tu mateix i, per tant, d'anar coneixent Déu.

I Eugeni, disciplinat, se n'anava a conéixer la vall i deixava de pensar en coses difícils d'explicar, massa complicades per a una criatura tan jove, i es perdia enmig l'encant de la natura.

Al cap de ben poc de temps, l'espavilat jove ja havia descobert com anava la cosa i, quan tenia ganes d'escampar la boira o quan començava a avorrir-se de les no sempre divertides classes del frare, fingia estar molt preocupat per qualsevol cosa i, de seguida, el seu preceptor, que no podia imaginar l'innocent engany, li deia que podia anar-se'n.

Aleshores, quan Eugeni traspassava la porta del convent i el panorama deixava d'estar limitat per aquelles quatre altíssimes parets de pedra, encara que seguia limitat per les muntanyes, la criatura educadíssima dels frares, amant de la tranquil·litat i de l'assossec, esdevenia un animalet àgil i mig salvatge, de qui ningú no hauria gosat dir que sabia traduir Virgili o explicar, amb luxe de detalls, la doctrina de la salvació pel sacrifici del Crist. Eugeni, en aquella que podríem anomenar la seua segona vida, gaudia furgant els nius, pujat a les roques més altes i escarpades, saltant de branca en branca, explorant les coves més fosques i sinistres a l'incerta claror d'un ciri que havia furtat de qualsevol altar, o espiant, sobretot en primavera, quan la seua vida era més activa, els animals de la vall, els quals havien començat a considerar-lo com un dels seus.

Eugeni coneixia la vall com la seua pròpia cel·la. Sabia quin arbre era el primer en donar el seu fruit i quin el donava més dolç que cap altre. Sabia a quin cim feien niu els falcons, a quin els xerraires corbs i a quin les àguiles superbes. Sabia a quina cova solia amagar-se la rabosa, quin cau tenien els conills i quin les llebres. Sabia, en resum, tot allò que calia saber per sentir-se enamorat del món i de la vida.

Després, quan tornava al convent, cansat, suat i feliç sempre, Eugeni tractava de comprendre el perquè de les coses que veia i de les que imaginava. Les lliçons de fra Ramon i, sobretot, el seu constant exemple l'havien acostumat a resoldre molts problemes i molts dubtes consultant els gruixuts llibres de la biblioteca conventual, un dels tresors més preats pels frares del convent. I si, arribat el cas, li fallaven els llibres, Eugeni sabia que sempre li quedava el recurs de la pregària, de la meditació i de la comunicació personal amb Déu.

V

Arribada que fou a la vall l'honorable família de llauradors en aquell calorós mes de maig, s'hi trobaren amb una terra pròdiga que ja havia començat a oferir els seus fruits amb una miqueta de vergonya. Ara només calia recollir-los i el *so* Toni i el seu fill, amb la vella excusa que ells eren els homes, es dedicaren amb cor i fetge a aquella faena. Mentre, la senyora Maria i les dues xiquetes s'encarregaven de fer la neteja de la casa.

Els dos homes collien, birbaven, segaven, tiraven fem, plantaven, regaven o esporgaven de sol a sol. Les tres dones cosien, cuinaven, agranaven, escuraven, netejaven, llavaven o emblanquinaven del matí al vespre. I tota aquella activitat febril no tardà a donar molts bons resultats.

La terra, sempre agraïda, els va recompensar amb una collita de les que no s'obliden fàcilment, i la casa, amb tantes mans disposades a no deixar una teranyina ni un granet de pols, semblava, després d'alguns dies de faena, un magnífic palau digne del millor rei.

Els frares, com és natural, estaven contentíssims amb aquelles persones tan treballadores i a l'hora del dinar i del sopar no es parlava d'una altra cosa.

—Que bé treballen aquestes persones —assegurava el jardiner.

—Quina dona més feinera i més de sa casa —deia el cuiner.

—Quines xiquetes més discretes, més precioses i més treballadores —afirmava fra Daniel, l'encarregat de dir la missa.

Eugeni callava, escoltava i sentia el seu cor rosegat pel cuc de la curiositat. Fins i tot fra Ramon aprofitava aquells magnífics exemples de dignitat i d'honorabilitat cristiana per il·lustrar, amb històries i raons, les classes de moral i d'ètica que, des de feia un temps, rebia el seu deixeble.

El xiquet hagué de lluitar molt seriosament contra la imperiosa necessitat d'anar a espiar-los de seguida, però va saber resignar-se i el seu comportament continuà sent exemplar. A pesar d'aquell sacrifici, segons anaven passant els dies, Eugeni notava que els colors li pujaven a la cara cada vegada que els frares parlaven dels llauradors, com si realment anàs a espiar-los cada dia. Aleshores, per estalviar-se complicacions, va decidir que valia més fer allò que el cos li demanava, ja que igualment passava vergonya.

Començà per espiar només els homes. Arribava silenciosament a qualsevol observatori escaient, un pujol ple de mates de romer o un garrofer ben carregat de fulles, i seguia en silenci els moviments del *so* Toni i del seu fill. De vegades, amagat dalt d'un arbre, com si fos Cósimo Piovasco di Rondó, Eugeni arribava a escoltar les converses entre els dos homes, encara que, generalment, eren ben poques les paraules que pare i fill arribaven a creuar al llarg del dia.

Passat el temps, va arribar un moment en què Eugeni els havia espiats tant i tan bé, que endevinava els moviments que anaven a fer, les frases que anaven a dir o el camp on havien d'anar aquell matí. Però, malgrat tot, Eugeni s'avorria sobiranament.

VI

Un dia va arribar al convent un frare nou. Era, poc dalt o baix, pel temps en què Eugeni s'havia cansat d'espiar el *so* Toni i el seu fill i havia tornat a caure a les urpes de la malenconia aguda. El frare venia de terres catalanes, tenia uns cinquanta anys, encara que es conservava molt bé de salut, i era posseïdor d'una simpatia, una vitalitat i una força moral i física molt superior a la dels frares més joves i sanots del convent. Era un frare extraordinari a qui els altres religiosos anomenaven germà des del primer dia, i no fra Pere, com havia imaginat Eugeni.

Naturalment, durant tots aquells anys, havien anat arribant al convent molts frares de diferents pelatges, però cap d'ells no hi arribava, com el germà Pere, precedit d'una aurèola de fama, misteri i aventura. Per això, i ja des del primer dia, l'animació al voltant del germà Pere va ser gran.

Els frares més joves el perseguien tot el dia, fent-li preguntes i volent obligar-lo a respondre, demanant-li que els contàs més i més detalls de la seua agitada vida. Però, per ordre expressa del prior, que era un home amb molta mà esquerra, el germà Pere no va dir absolutament res fins que no va arribar l'hora de sopar i es trobaren tots junts, asseguts a la taula del refectori.

Tots menjaren de pressa aquella nit, amb els ulls fixos en el nou membre de la comunitat i, només acabaren, serviren uns licors que ells mateixos preparaven a base d'herbes de la muntanya. Amb la boca oberta i el gotet ple d'aquell licor groguet a la mà, tots esperaren les paraules del germà Pere.

I aquesta és la història que el nou frare contà aquella nit:

—Jo vivia amb els meus pares en una masia, molt a prop de Vic. Teníem tot allò que hom necessita per poder viure i érem feliços com ho pugui arribar a ser una família cristiana i respectuosa de les tradicions. Però un mal dia, aquella felicitat començà a ennuvolar-se. El meu pare era un home ple de salut, fort, cepat com el qui més, de geni curt. Respectuós de Déu i dels seus semblants i amant de les seves terres, la seva esposa i els seus fills. Només tenia un defecte, al meu entendre: volia que els altres fossin també respectuosos amb ell i honrats com ell ho era.

Arribat en aquest punt, el germà Pere, com a bon narrador que era, va fer una pausa. Tots els ulls estaven pendents dels seus gestos, però ell, amb indiferència, va beure un sospir de licor i continuà la seua narració amb aquestes paraules:

—Un fill de molt bona casa, que havia festejat amb una de les meves germanes durant uns mesos, la va enganyar i, després de donar-li paraula de matrimoni, l'abandonà i ja mai més no el vam tornar a veure a casa nostra. Quan el meu pare ho va saber, va faltar ben poc perquè hi hagués un vertader infern a casa, perquè la meva germana plorava i el meu pare la considerava culpable, per no tenir bastant personalitat. Afortunadament, els meus germans grans van impedir que la sang arribés al riu. Després, el meu pare va voler anar a buscar aquell qui, en la seva opinió, havia deshonrat el nostre nom i la nostra família, pensant que, per poc bon cristià que fos, aquell bala perduda voldria complir les seves obligacions respecte a la meva germana. Els altres homes de la casa volien acompanyar-lo, però ell els ho va prohibir enèrgicament i se'n va anar tot sol, confiant en Déu i en la bona voluntat dels homes. Els fets terribles que passaren després són difícils de descriure i de creure.

El germà Pere tornà a fer una pausa, esperant algun

comentari, però els altres frares semblaven muts i, després d'un altre glopet de licor, continuà:

—Aquell depravat va rebre el meu pare amb burles i sarcasmes i no el va deixar passar de la porta de casa. A la justa ira d'un home ofès, aquell inconscient va respondre amb el cinisme, posant en dubte l'honorabilitat, no sols de la meva germana, sinó de tota la família. Allò no ho va poder resistir aquell home digne que va ser el meu pare i, de sobte, amb totes les seves forces, que ja n'eren ben poques, es llençà al coll d'aquell pobre pecador. Sé que —Déu que em perdoni— de no haver estat per la ràpida intervenció d'uns criats, l'hauria assassinat allà mateix, amb les seves pròpies mans de pagès. Però la irada reacció de l'agredit no va trigar gaire. Els criats i còmplices d'aquell mal home, nombrosos i disposats a tot, per diners, apallissaren cruelment el pobre vell que a penes podia defensar-se, sense cap consideració a la seva avançada edat. Després li furtaren el cavall i el feren tornar a casa a peu, perseguit, durant llegües i llegües, pels ferotges gossos de la masia. Quan arribà a casa, malferit i humiliat, el meu pare pujà a la seva cambra, i allà dalt, més per ràbia i per impotència, que no per cap altra malaltia del cos, va donar la seva ànima a Déu.

Aquesta vegada, com que el clímax de la narració ho demanava, la pausa va ser més llarga. El germà Pere va traure una petaca de la llarga butxaca de l'hàbit i, davant la sorpresa dels altres frares, va fer una cigarreta i la va encendre. Després, tirant parsimoniosament el fum, continuà el seu relat.

—Els meus germans, ferits per les fletxes de l'odi, ni tan sols esperaren el soterrament. Agafaren els seus cavalls i els seus fusells, prometeren diners a tots els llogats que els volguessin seguir i, a les poques hores, un petit exèrcit sortia de la masia disposat a castigar els assassins d'un dels pocs homes honorables que encara hi havia al món. No vull parlar de les morts ni dels sofriments que, a ran de tot allò, s'esdevingueren. Només diré que la família d'aquell depravat era influent i tenia bones amistats. Ben aviat, la justícia ens buscava implacablement. Fugirem a les muntanyes i aquells assassins, aprofitant la nostra absència, foragitaren de la nostra masia la meva mare i les meves germanes, cremaren la collita, empresonaren els nostres llogats més fidels i ens condemnaren, als meus germans i a mi, a viure per sempre a la muntanya, eternament, injustament perseguits.

Aquesta vegada, la pausa va ser curta. El germà Pere tornà a aspirar el fum de la seua cigarreta i begué un glop, llarg i silenciós, de licor. Els ulls d'Eugeni resseguien els seus moviments i no podien separar-se dels llavis que tornaven a obrir-se.

—D'aquesta forma que us he dit va nèixer, fa ja més de trenta anys, la que després va ser una de les més famoses partides de bandolers de Catalunya. A poc a poc, els meus germans i jo vam anar formant un petit exèrcit d'homes que, com nosaltres, eren injustament perseguits per la justícia dels poderosos. Amb aquell exèrcit de valents aconseguírem, durant uns anys, portar la vertadera justícia a les nostres terres, robant als rics per tornar-los als pobres una petita, petitíssima part, d'allò que els rics els robaven contínuament. Ajudàvem també els oprimits, tots els oprimits, a lluitar contra els seus opressors, per poderosos que fossin. I el nostre nom, per aquelles terres, va ser sinònim de justícia i d'honorabilitat, de valor i d'esperança. Temps tindrem, d'ara endavant, de conèixer les aventures que els meus germans i jo vam viure durant aquells anys. Són massa històries per poder contarles totes en una sola nit. Només diré, per tancar el meu relat, que aquells somnis de llibertat i de justícia s'acabaren amb una flagrant traïció, com sol passar quasi sempre, quan un dels homes de la nostra partida, temptat pels diners, ens va vendre a l'enemic.

Tot semblava indicar que ja s'havia acabat la història, però davant els rumors dels frares, el prior va fer un senyal amb el cap, donant la seua conformitat, i el germà Pere no tingué cap inconvenient a continuar.

—Un matí ens despertàrem i vérem que la masia on havíem passat la nit estava rodejada per un nombrós exèrcit disposat a tot. Nosaltres sabíem a què ens exposàvem i lluitàrem com uns valents, encara que alguna veu amagada, potser la del meu pare, ens deia que allà anaven a acabar-se les nostres aventures i els nostres somnis. A migdia, ja havien mort dos dels meus germans i alguns dels millors homes de la partida. Hi havia força ferits, teníem fam i els trets seguien xiulant per damunt dels nostres caps. Cap a les dues de la tarda, el meu germà gran va venir a buscar-me, jugant-se la pell, i em va dir que m'escapés, que calia que quedés algú viu, per explicar a les generacions futures les nostres aventures i la nostra lluita per la justícia. Jo era, segons el meu germà, l'home més escaient per portar endavant aquella tasca històrica. La veritat és que jo era encara molt jove i, per ser el més petit i haver anat més anys a l'escola, era el que més en sabia de lletra. Però les paraules del meu germà, que podien semblar tan encertades, eren només una excusa per treure'm d'aquell infern, i jo ho sabia. La conversa durà encara una llarga estona i, finalment, mig per convicció, mig per por, vaig escapar-me, sabent que ja mai no tornaria a veure aquells homes amb els quals havia compartit alguns dels millors moments de la meva vida i dels quals tantes coses havia après. Perdut per les muntanyes, vaig arribar per fi a un convent de la nostra ordre. Casualment, jo en coneixia el prior, que ens havia ajudat, per caritat cristiana, més d'una vegada. I ara, segons sembla, ja sabeu la resta de la història. Em vaig fer religiós, he estat en dos convents abans d'arribar aquí i espero no haver avorrit ningú amb les meves velles històries, ni haver ofés Déu, de cap de les maneres, amb les meves pobres paraules.

Així, poc dalt o baix, va acabar la seua història el germà Pere. I si les seues paraules encara ressonen als caps dels frares d'aquell apartat convent, és ben fàcil imaginar quin impacte causaren al cervell d'Eugeni. La vocació del xiquet començà a dibuixar-se des d'aquell precís moment.

VII

Aquella nit, Eugeni va deixar volar lliurement la imaginació i, l'endemà de matí, quan el cant dels ocells el va despertar, ja tenia molt clar que la vida que havia imaginat a partir de les històries del germà Pere era, sense cap dubte, la màxima expressió de la llibertat humana. I cada dia, quan els atacs de malenconia li servien d'excusa per anar-se'n, s'imaginava un roder famosíssim, perseguit per la justícia, representada, molt rudimentàriament, pel *so* Toni i el seu fill.

Segons que el germà Pere anava explicant noves històries, el xiquet anava canviant de tàctica i d'estratègia, fins que, un dia, el roder de la vall, terror dels arbres fruiters i dels nius de caderneres, va seguir la tropa enemiga fins a la mateixa caserna. I aquella aventura representà, alhora, la seua perdició i la seua vertadera presa de consciència.

Començava ja a acurtar el dia i els homes tornaven a casa amb el sol ponent. A la caseta dels llauradors, convertida en una petita joia gràcies al treball de la *so* Maria i les seues xiquetes, Eugeni va veure, per primera vegada en la seua vida, no una sinó tres dones. I si, en principi, el cor li anava a cent per hora, com corresponia a tal esdeveniment, se li va desbocar ja del tot quan pogué veure clarament la cara de la xiqueta menuda.

Atabalat per aquell descobriment, Eugeni va passar més de dues hores assegut en una branca de l'arbre més pròxim a la casa i, de no haver estat perquè, malgrat tot, notà un gran buit a l'estòmac, encara continuaria allà dalt, esperant alguna cosa meravellosa, algun esdeveniment improbable.

Als pocs dies del descobriment, ja del tot enamorat d'aquell rostre que havia endevinat en la penombra, no hi havia cap muntanya que Eugeni no escalàs per major honor i glòria de la seua estimada, ni cap aventura contra els enemics imaginaris de sempre que no tingués com a heroica finalitat, a més d'augmentar la glòria del protagonista, l'alliberament d'aquella preciosa donzella de qui Eugeni ni tan sols sabia el nom.

Cada dia, assegut a la branca d'algun arbre còmplice, que l'aguantava sense un sol cruixit, Eugeni esperava l'arribada dels homes perquè, quan el *so* Toni i el seu fill arribaven a casa, les dones eixien a rebre'ls i, aleshores, el nostre heroi podia veure, per uns segons, la cara de la seua estimada. Així passaren alguns delitosos dies, algunes setmanes i alguns mesos, fins que, novament, van arribar el fred i la pluja, i Eugeni seguia sense faltar ni un sol dia a la seua cita. I, finalment, tant va temptar la sort que passà una desgràcia.

Un dia, el jove enamorat estava assegut a la seua branca, com sempre, quan arribaren a casa els homes, cansats i bruts. El *so* Toni manà de seguida a la seua filla menuda que anàs al pou a dur aigua per a llavar-se. La xiqueta, obedient i dòcil, va agafar un poal i se'n va anar directament al pou, que estava una mica apartat de la casa. Aquella va ser una temptació massa gran per a Eugeni: s'apropà al pou, sense cap precaució, per poder contemplar a gust la seua estimada. Nerviós com estava, víctima d'una emoció que no podia controlar, oblidà tota la seua experiència de colp i va fer molt de soroll. La xiqueta, girant-se tota esglaiada, mirà cap on estava ell i el va descobrir.

La reacció de la pobra criatura no va ser justament la que Eugeni esperava. Aquella infeliç, vés a saber per què, degué creure que tenia davant el mateix dimoni eixit de l'infern i cridà tan fort i tan immediatament que a Eugeni li feren figa les cames i no va poder fugir. I quan pogué reaccionar, desconcertat, ni tan sols va intentar la fugida, sinó que es quedà quiet, enmig del clar, com si fos una planta més.

De seguida, Antoniet, que havia sentit el crit, va eixir precipitadament de la casa i, portat per l'instint de protecció fraterna, va recollir de terra dues pedres de dimensió respectable. Quan va descobrir Eugeni, Antoniet no el va confondre amb el dimoni, sinó que va endevinar de seguida qui era aquell boig que, a més de seguir-los a ell i al seu pare durant tot el sant dia, anava pel món fent morir de por les pobres xiquetes indefenses. Les pedres volaren i la primera intenció que tenien era d'anar directament al cap d'Eugeni. La primera passà, afortunadament, de llarg, però la segona li va pegar al muscle esquerre i li va fer bona cosa de mal. La reacció d'Eugeni, que tampoc no es xuclava el dit, va ser ràpida: una pedra més gran encara va eixir de la seua mà perfectament dirigida al cap del pobre Antoniet.

Va ser horrible. Antoniet s'agafava el cap amb les dues mans. La germaneta, cada vegada més perduda, sense comprendre res, cridava com una histèrica, i la sang, que és tan escandalosa, no deixava de brollar per la considerable ferida. Sabent-se el causant d'aquell estúpid desgavell de conseqüències impensables, Eugeni va traure forces d'allà on va poder i, per fi, posà terreny pel mig. I tot això, que costa tant d'explicar, va passar realment en ben pocs segons. De manera que quan Eugeni fugia de pressa, el *so* Toni i la seua muller ja eixien ràpidament, disposats a socórrer els seus fills, als qui creien víctimes de vés a saber quina fera terrible.

La mare d'Antoniet, en veure el seu fill ferit, començà a consolar-lo amb besos i carícies. Però en descobrir Eugeni arraulit dalt d'un arbre prudentment allunyat, cregué convenient adoptar una coneguda tàctica de defensa i atac i, sense pietat, pronuncià les següents paraules que feriren Eugeni amb molta més crueltat que no les pedres, per grans i afilades que fossen.

—No plores fill meu —li deia, amorosament—, que tu ja saps les coses que podem esperar de gent com aquesta, d'un pobre xiquet abandonat a qui ni tan sols volen els seus pares. D'una pobra criatura sense amor, desgraciada, que viu només gràcies a la caritat dels frares i que mai...

Però Eugeni ja no va sentir res més. Les seues cames, que assolien a cada moment uns graus més elevats d'autonomia, se l'emportaven a tota velocitat cap allà on fos, ben lluny, mentre les llàgrimes que no li havia provocat la pedrada, anaven brollant dels seus ulls com l'aigua d'una font.

Ferit en la part més íntima dels seus sentiments, Eugeni va córrer i córrer fins que va estar ben lluny de la casa i del convent, al recer d'una cova que només ell coneixia i on estava segur que no el trobarien mai.

VIII

Les hores anaren passant i, al convent, els frares començaren a posar-se nerviosos per l'estranya tardança del xiquet. Eugeni mai no havia deixat passar l'hora del sopar, i menys quan sabia que hi havia algun plat abellidor. I aquell trist dia, el cuiner havia preparat uns colomets ben tendres amb un deliciós suquet de fetges i morelles.

El prior, volent tranquil·litzar els seus frares, encara que el cor li bategava avalotat, volgué que soparen, però quan eren a taula començaren a mirar-se els uns als altres i a mirar també, de tant de tant, aquells tendres colomets que eren el plat preferit per Eugeni. Finalment, ja desesperats, eixiren a buscar-lo sense sopar, dividint-se en grups, segons les indicacions del germà Pere, que era el més pràctic en qüestions d'estratègia.

Arrupit contra una de les parets de la cova, Eugeni, ja més calmat, va veure passar els grups de frares, il·luminats amb torxes i cridant el seu nom. A cap d'aquells sants homes no se li va acudir recordar que el sopar era ja a taula, per si de cas, però encara que ho haguessen dit, Eugeni no hauria contestat ni piu perquè, en aquells moments, tenia les idees enormement clares. Estava decidit a abandonar la vall en fer-se de dia i només tenia ganes que passassen de pressa les llargues hores nocturnes.

Per acabar-ho d'arreglar, cap a les tres de la matinada, quan ja els budells famolencs dels frares feien més soroll que les seues veus ronques, començà a ploure amb moltíssimes ganes. I els pobres homes, cansats de buscar sense trobar ni un sol indici, amb el cor en un puny, no van tenir més remei que tornar al convent per tal d'evitar que alguna altra desgràcia, en forma de grip o de pulmonia, vingués a augmentar encara més els seus sofriments.

Quan es trobaren tots junts al convent, el grup de frares que havia passat, per si de cas, per la casa dels llauradors, contà l'incident d'aquella vesprada i explicà que la dona del *so* Toni, aquella aparentment discreta senyora Maria, s'havia mostrat francament penedida per les seues paraules, fruit, segons va dir, de la ràbia d'aquells moments, més que no d'un autèntic sentiment contra Eugeni.

De seguida, el prior, que coneixia Eugeni com si fos sa mare, va tranquil·litzar els frares dient-los que, sabent allò, estava pràcticament segur que Eugeni no havia sofert cap accident ni havia estat raptat per cap ésser maligne, sinó que s'havia amagat *de motu propio*, comprensiblement ofés per les lletges paraules de la senyora Maria i penedit, al mateix temps, per la ferida que li havia fet al pobre Antoniet. Els frares, finalment, anaren a dormir, intranquils però confiant, gràcies a l'eloqüència del prior, que a l'endemà Eugeni tornaria a casa.

El nostre heroi seguia amagat a la cova, mig mort de fred i de fam. Però aguantava, convençut que aquella gesta passaria a la història de la vall, i pensava sense descans en la seua estimada, a qui encara volia més que cap altra persona en el món. Llevat, naturalment, del prior, el germà Pere, fra Ramon l'arxiver i el difunt fra Vicent.

En fer-se de dia, el *so* Toni i tota la seua família anaren a la capella on pregava el prior i li oferiren la seua col·laboració desinteressada en l'operació de recerca d'Eugeni. El prior acceptà gustosament l'ajuda, però digué que ja no calia, perquè ells ho tenien tot ben controlat. De totes formes, i com que el prior estava decididament de part d'Eugeni, mormolà severament a la senyora Maria i li va fer veure que certes paraules s'han de pensar moltes vegades abans de dir-les i que, finalment, sempre és millor no dir-les.

—Però jo li assegure —digué també el prior, fingint una enorme gravetat— que, en tornar, Eugeni serà degudament castigat per la pedrada que li tirà al seu fill i per algunes coses més que encara no he acabat d'aclarir.

Després, el *so* Toni i la seua família tornaren a casa, per dedicar-se als seus treballs.

Durant tot el dia va continuar plovent i Eugeni, que no s'havia mogut de la cova, amb molt bon criteri, va veure com les seues il·lussions anaven fonent-se. Segons anava avançant el dia, notava un buit més i més gran al seu estómac i, cap a migdia, quan augmentà una miqueta la temperatura, es va quedar adormit, vençut per la fam, el cansament i la por. Quan es va despertar plovia encara, de forma que resulta fàcil imaginar el deplorable aspecte que oferia el pobre xic quan trucà a la porta del convent, esperant les irades paraules de tots els frares.

Però, com cabia esperar, els frares, que havien llegit detingudament la paràbola del fill pròdig, no el reberen de males maneres, com ell imaginava i mereixia, sinó que li prepararen un bany amb aigua tèbia i li donaren un suculent sopar. Després l'enviaren a dormir amb les seues benediccions i no parlaren, per res del món, de càstigs ni de penitències. Aquella nit, tots els membres de la comunitat dormiren molt tranquils.

L'endemà de matí, després d'haver consultat amb la resta dels frares, però ben decidit a no fer-los gens de cas si no opinaven com ell, el bon prior entrà a la cel·la d'Eugeni amb un somriure a la boca, el despertà i li va dir:

—Bon dia, Eugeni.

IX

—Oblidem —continuà el prior, sense esperar resposta—, abans de fer qualsevol altra cosa, l'aventura d'aquestes darreres hores, encara que ens has fet patir a tots bona cosa. Direm, perquè sempre ha estat intel·ligent el fet de conservar les aparièncias, que t'hem castigat degudament per la teua indisciplina i la veritat serà només un secret entre nosaltres dos. I ara escolta'm atentament, perquè ha arribat l'hora de conéixer la resposta a la pregunta que tantes vegades et deus haver fet. No penses mai que si no t'ho he dit abans, haja estat perquè tenia ganes de veure't sofrir. Molt contràriament, jo estava convençut que, fins ahir mateix, tu eres encara massa xiquet per comprendre certes coses que sabràs de seguida. Tanmateix, la teua recent escapada m'ha obert els ulls i he comprés que ja havia arribat l'hora de fer-te sabedor de totes les coses que encara no coneixes sobre la teua persona.

Eugeni, mig endormiscat, mirà el prior amb una cara tan explícita que el sant baró va comprendre de seguida que el xiquet no entenia res.

—Anem al gra —digué, mentre buscava la millor forma de revelar a Eugeni els secrets que el farien un home—. Porte ací dues coses que et pertanyen i que poden ser molt importants per a la teua vida futura. Aquesta arqueta i aquesta carta seran, d'ara endavant, el fet que partirà la teua vida en un abans i un després. Tots hem passat alguna vegada pel trascendental moment que tu vas a viure ara i t'assegure que, encara que no sempre ens ha resultat agradable, tots hem pogut superar el trauma i continuar endavant...

I així, el prior va continuar parlant i parlant, en aquell estil marcadament retòric i passat de moda, durant dues o tres llarguíssimes hores.

La carta, que venia sense signar, tenia tanmateix dos segells d'indubtable origen, que acreditaven la seua autenticitat i la convertien en un document històric de primeríssima importància. L'arqueta, que era de bona fusta, estava reforçada amb artístiques travesses de ferro dolç, les quals, si bé no augmentaven massa el seu valor intrínsec, li conferien una indubtable solidesa i seguretat.

Aquella carta i aquella arqueta arribaren al convent el mateix dia que Eugeni, portades per una persona que, segons va saber temps després el prior, estava molt relacionada amb el pare del xiquet. De la mare, el bon prior només havia sabut esbrinar que procedia d'una bona família i que vivia a la ciutat de València, on començà la història d'Eugeni, molt abans de nàixer ell.

Segons sembla, el pare d'Eugeni, que es va mantenir sempre en el més estricte anonimat, era un vell gentilhome que, temptat pel dimoni, havia enamorat una joveneta destinada per la seua família a la vida religiosa. Aquella pobra xica no havia comés cap altre pecat que no fos enamorar-se, però la desgràcia volgué que, en el moment del part, quan el fruit d'aquella relació desgraciada veia la llum, un dimoni o un àngel s'emportàs la seua ànima lluny d'aquesta vall de llàgrimes.

—¿Això vol dir que quan jo vaig nàixer va morir la meua mare? —preguntà Eugeni quan el prior arribà en aquest punt.

—Sí, fill meu —respongué lacònicament el prior, que continuà i, per aquesta causa, el teu pare cregué que la millor manera de salvar-te i assegurar-te una bona educació era portar-te en aquest convent. Aquella mateixa nit, el germà del teu pare, un jove noble i discret com pocs, cavalcà durant hores i hores per deixar-te a la porta de la teua futura llar, aquesta.

Després, el prior, sense voler explicar més coses, va obrir l'arqueta de fusta i mostrà a Eugeni una bona quantitat de diners que, des d'aquella primera nit, havien anat arribant puntualment al convent. La voluntat d'aquell desconegut pare era que els diners serviren per mantenir, vestir i educar el seu fill.

Així, després de llargues hores de conversa, acabà el prior la relació de totes aquelles històries que Eugeni, que ara tenia els ulls oberts com dos rellotges, no hauria pogut ni imaginar. Però, desgraciadament, quedava encara una última notícia: el pare d'Eugeni havia mort feia pocs dies i, per tant, aquell any ja no arribarien més diners al convent.

Eugeni no semblà preocupar-se massa per aquell darrer aspecte de la conversa. Ell no donava la més mínima importància als diners, ja que no coneixia en absolut el seu valor i, d'una altra banda, feia temps que havia perdut les esperances de conéixer en persona el seu pare i la seua mare. Però quan començà a preocupar-se realment va ser quan el prior, seguint el seu discurs, li digué que el seu pare, obligat en certa forma a fer penitència pels seus pecats, havia disposat que Eugeni seguís la carrera religiosa fins esdevenir un digne portador de l'hàbit d'aquella orde que l'havia acollit i li havia salvat la vida.

Així va ser com Eugeni, en una sola xarrada, va conéixer, ni que fos per damunt damunt, els seus boirosos orígens, va heretar aquella arqueta plena de diners i es veié forçat a acomplir una duríssima penitència que el castigava a romandre tota la vida entre les parets del convent.

X

Un matí, el *so* Toni, afaitat i tan ben vestit com li ho permetia el seu jornal d'honorable llaurador, anà a parlar amb el prior i li va dir si, per casualitat, algun frare no podria donar lliçons als seus xiquets, ensenyar-los a llegir i a escriure, a ser respectuosos i educats, i qualsevol altra cosa que els resultàs profitosa el dia de demà. El prior, content en veure aquesta predisposició en persones que ell creia del tot incapacitades per comprendre la importància de la cultura, va dir que sí i, l'endemà mateix, els tres xiquets es presentaren a les portes del convent, ben llavats i pentinats, disposats a rebre les lliçons i els consells de fra Ramon.

Eugeni, a qui havíem abandonat a la seua habitació, tractant de digerir les importants revelacions del prior, va rebre amb alegria la notícia. L'aventura de les pedrades, com totes les coses que ens molesta recordar, estava ja oblidada i aquella oportunitat de conéixer persones més pròximes a ell en edat era una temptació meravellosa.

Les coses van anar com cabia esperar i, als pocs dies, els quatre joves ja ho compartien tot, des de les passejades pel camp i els treballs més lleugers i divertits fins als secrets més íntims o les llargues xarrades del germà Pere, escoltades amb la boca oberta a la calor de la llar. Per aquell temps va descobrir Eugeni que la filla major del *so* Toni s'anomenava Mercé, com una dona, i la filla menuda Remeiets, com una xiqueta.

A poc a poc, Eugeni va anar descobrint que Mercé era més intel·ligent, més simpàtica, més aplicada, més bona amiga i fins i tot més bonica que la pobra Remiets. I, finalment, el nostre amic s'enamorà de Mercé amb un amor d'adult, que ben poca cosa tenia a veure amb el seu primer interés per la menuda. Però ja havia fet tard perquè, jugant a compartir secrets amb el seu amic Antoniet, li havia dit que estava enamorat de Remeiets. Antoniet, aleshores, li digué que ell faria tot allò possible per ajudar-lo a aconseguir l'amor de la seua estimada i Eugeni, a canvi, li mostrà la cova on s'havia amagat aquella llarga nit de la pedrada. Un paratge absolutament secret que, ara, només els dos amics coneixien.

Així anaren passant els dies més feliços que Eugeni havia de recordar molts anys després. Però aquells bons temps acabaren inesperadament i de forma trista quan una malaltia, cruel i rapidíssima, s'emportà a l'altre barri l'estimat prior del convent.

Les classes foren suspeses indefinidament i els frares, sota la direcció provisional de fra Ramon, organitzaren els funerals, cantaren bona cosa de misses i procuraren, per tots els mitjans al seu abast, obrir les portes del cel a un home a qui tots havien estimat perquè sabia escoltar totes les opinions i guanyar-se, amb amor i bona voluntat, l'estima de tots els qui el coneixien.

Però la vida, malgrat tot, continuava, i els frares, tornant a posar els peus a terra, començaren a adreçar, secretament, un gran nombre de cartes a les autoritats religioses pertinents, demanant que fra Ramon fos anomenat prior del convent. Però les coses, fora dels quatre murs que aïllaven els frares de la resta del món, no eren tan senzilles com aquells sants homes imaginaven. Les autoritats eclesiàstiques, pressionades pels uns i pels altres, tiraven a la paperera totes les cartes que anaven arribant del convent. I un fatal dia arribà a la vall, amb molta pompa, un frare prou jove que ningú no coneixia i que, segons les seues paraules, venia a fer-se càrrec de la comunitat, per mantenir l'ordre dominant amb mà ferma el timó de la comunitat i per imposar, al preu que fos, la seua disciplina.

Com cabia esperar, després d'una semblant presentació, les coses marxaren pèssimament des del primer dia i Eugeni, que ja no era una criatura inexperta, va protagonitzar diversos incidents que el seu nou prior va qualificar de rebels, incitadors, provocadors i desequilibradors. Finalment, i com que no podia amb ell ni amb sermons ni amb càstigs, el prior va decidir que calia traslladar Eugeni a un altre convent.

Aquella mesura era massa severa per castigar la conducta d'un jove que només era rebel, com corresponia als seus anys. Però Eugeni, que per res del món no hauria volgut separar-se dels seus frares ni de la seua estimada Mercé, va donar una gran mostra d'humilitat, rectificà seriosament els seus plantejaments i, un dia, posant-se de genolls, demanà perdó al prior davant de tota la comunitat. Així quedà oblidat, per un temps, aquell incident.

Però el nou prior no era un home amb el qual es poguessen fer bons negocis, de manera que, als pocs mesos de l'arribada d'aquell home a la vall, les relaciones entre el *so* Toni i el convent eren absolutament catastròfiques i, quan arribà l'hora de renovar l'arrendament, el *so* Toni va preferir abandonar la vall abans de convertir-se en un esclau d'aquell home sense escrúpols.

I un dia, els honorables llauradors abandonaren la vall com hi havien arribat, però als seus ulls no es reflectia la il·lusió i l'esperança en una vida millor, sinó la desesperació i la melangia.

Aquell matí, moltes persones ploraren a la vall, quan el carro del *so* Toni, carregat amb els pobres mobles, desaparegué en l'última revolta del camí per no tornar mai més.

XI

Sense el consol de la família de llauradors, la vida del convent començà a esdevenir un autèntic infern per a Eugeni. Ell era ja tot un home, o així ho imaginava, i si fins aleshores no havia declarat obertament la guerra al prior, era perquè temia l'exili. Però ara, sense la presència de Mercé a la vall, Eugeni havia perdut un dels motius principals que l'aferraven a aquella terra i, a poc a poc, les seues relacions amb el prior anaven deteriorant-se i a l'ànima d'Eugeni, greument ferida, feia niu el cuc verinós de la revenja.

Una nit arribà a la vall molta gent. Eren els membres d'una partida carlina que, fugint de l'exèrcit que venia perseguint-los, havien anat a parar al convent, segurs que el prior no els negaria l'ajuda i el refugi. Era fama que aquell home tan autoritari i presumptuós havia estat implicat en moltes revoltes semblants a aquella, sempre d'un caràcter marcadament reaccionari. En contra de la voluntat dels altres frares i molt especialment en contra de l'opinió del germà Pere, els carlins passaren dues setmanes amagats al convent, menjant i bevent dels diners de la comunitat i donant bona cosa de guerra. Finalment decidiren anar-se'n, a poc a poc i per separat, quan cregueren que el perill ja havia passat del tot. Però portaven moltes armes i municions, les quals, a més de posar-los en evidència si eren descoberts, representaven una gran trava que els impediria fugir de pressa i sense provocar sospites. Per tant, necessitaven deixar ben guardades aquelles armes i municions per a quan arribàs l'hora de traure-les novament.

I una nit, sota les ordres del prior, quatre homes, amb grans esforços, alçaren una enorme llosa que hi havia als peus de l'altar, dins la capella del convent. Una petita cambra va aparéixer sota la pesada llosa i aquells homes, silenciosament, treballaren quasi tota la nit guardant, amb la deguda protecció, les armes i les municions. Finalment, acabada la faena, tornaren a deixar la llosa on estava i anaren a dormir.

Ells, com és natural, imaginaven que no els havia vists ningú, però Eugeni, protegit per les ombres de la capella, havia estat mut testimoni d'aquella maniobra. I quan va comprendre la importància de les coses que havia vist, Eugeni va creure que, per fi, li havia arribat l'hora.

El nostre amic va ser encara prudent durant un temps, però com que el prior sempre anava buscant-li la volta, un dia, unes imprudents paraules amenaçadores posaren en guàrdia l'enemic. Des d'aquell moment, la ment retorçuda del prior només buscava la manera de traure's de damunt aquell fastigós jovenet.

Començà per deixar-lo pràcticament sense diners, adduint boiroses capacitacions legals, recordant-li la mala situació econòmica de la comunitat i fent-li veure que aquells diners de l'arqueta eren, al cap i a la fi, de tots els frares, ja que ells havien estat alimentant-lo, educant-lo i vestint-lo durant tota la seua vida. Eugeni, fins a un cert punt, s'ho creia tot, perquè era molt innocent i trobava justes les aspiracions del seu enemic. A més, com que no sabia res de la vida, no coneixia la importància real dels diners i anava donant-los a poc a poc al prior, sense oferir cap resistència. I s'hauria quedat sense un gallet de no haver estat per una intervenció oportuníssima del germà Pere.

Però, per desgràcia, quan el bon frare es va fer càrrec de la situació era ja massa tard. El prior, actuant implacablement, com s'ho havia proposat des d'un principi, ja havia iniciat la segona part de la seua maniobra. Avisà les autoritats militars per mitjà d'una carta en què deia que, al seu convent, hi havia un jove de dubtosa procedència i conducta un tant desordenada, que, al seu parer, volia refugiar-se en els hàbits no per fer un sacrifici ni per amor a Déu o als seus semblants, sinó per no anar a les milícies, ja que, òbviament, no tenia prou diners per pagar la lliurança.

Per una pura casualitat, el germà Pere va saber com estaven les coses i parlà de seguida amb Eugeni, tractant de ferli veure que es trobava en una situació molt greu. Eugeni reflexionà. No tenia massa ganes de fer-se frare, per més que aquella fos la darrera voluntat del seu desconegut pare, però tampoc no li feia gràcia eixir del foc religiós per caure a les brases militars. Ja havia sentit dir com era, dalt o baix, la vida dels soldats: sempre arriscant la pell, mal alimentats i obligats a executar sense dilació les ordres dels seus superiors, que eren tots els altres.

El pobre Eugeni, si mirava al seu davant, veia un panorama tan negre que no se l'acabava de creure. Ell era massa bona persona i no podia imaginar que el prior fos tan cruel només per afermar-se en el seu poder i per seguir mantenint en secret algunes coses poc agradables.

Però quan, una nit, alguns soldats arribaren al convent reclamant la presència d'un jove sense cognoms, en edat militar, al nostre amic se li obriren de sobte els ulls i comprengué que, desgraciadament, la crueltat humana no tenia límits. Recordà aleshores els seus passats somnis de llibertat, d'amor i d'aventures i, sense pensar-s'ho dues vegades, reclamat per la vida que el cridava a l'altra part de les altes parets, agafà l'arqueta, on encara tenia alguns diners, i escapà del convent botant el mur que mirava al sud, mentre els soldats ja havien començat a buscar-lo cel·la per cel·la, disposats a tot.

XII

Aquella llarga nit, la primera de la nova llibertat, la tornà a passar a la cova que només ell i Antoniet coneixien. L'endemà de matí, amagant-se quan sentia les veus dels rars caminants, començà a marxar decididament cap a la ciutat de València, de la qual havia sentit contar meravelles i on estava segur que trobaria alguna faena que li permetés viure tranquil·lament i en pau.

El cor jove d'Eugeni bategava amb força només en imaginar que, per primera vegada en la seua vida, caminaria entre gent normal. Pensava ja en el futur i creia que viatjaria, que coneixeria les més meravelloses ciutats, que veuria totes les coses fantàstiques que mai no havia pogut ni somniar, i que s'enamoraria de veritat, encara que, en el fons, mai no havia oblidat el rostre ni la mirada de Mercé.

A poc a poc, el contacte amb la realitat va fer que estudiàs la part negativa de la seua aventura i aleshores recordà que no coneixia absolutament res fora d'aquelles muntanyes i pensà que València podia estar molt lluny, en qualsevol direcció, cap a tramuntana, cap a llevant, cap a llebeig o cap a ponent. De sobte, immers en aquelles reflexions, es va sentir molt insegur i molt desanimat, però recordà també que a poques llegües del convent hi havia un llogaret anomenat la Barraca, on vivien unes vuit o deu famílies de llauradors.

Eugeni va decidir de seguida que havia d'anar a la Barraca, encara que fos una maniobra arriscada, perquè els soldats, segurament, ja haurien començat a buscar-lo i la ira del prior seria terrible en aquells moments. Però, al seu entendre, encara era més arriscat tractar d'anar pel món amb aquella evident roba de frare, sense cavall i sense una mala navalla amb la qual defensar-se si arribava el moment. I, a més, aquella arqueta que portava a les mans, i que no podia amagar de cap de les maneres, seria una temptació molt gran per als lladres que, segons contava el germà Pere, havien proliferat com conills en els últims anys.

Tenia encara moltes coses pendents, pensà, i també moltes coses per aprendre, però també era evident que tenia per davant tot el temps del món i, sobretot, tota la llibertat.

Per tant, i sense pensar-s'ho més, va anar cap a la Barraca a bon pas, però no hi va arribar fins a l'hora de dinar, segons conegué pel seu estómac, perquè, una vegada fora de la vall, es va perdre dues vegades.

Quan, per fi, veié les cases i el fum que eixia per les xemeneies, li pujaren les llàgrimes als ulls. Era la primera vegada que veia un poble, ni que fos tan ínfim, i començava a imaginar com de gran deuria ser la ciutat de València. Si aquells dos carrers, amples i llargs, eren només un llogaret, València devia ser un monstre, un laberint etern de carrers i de cases, de cares i de vestits. I aquella reflexió, després de fer-li una mica de por, acabà donant-li ànims perquè es va convéncer que, entre tanta gent, mai no el trobarien ni els soldats, ni el prior, ni ningú.

Ben amagat, comprovà, amb la seua vista agudíssima, que no hi havia soldats a la Barraca. Mentre baixava cap a les cases es preguntava si aquelles persones estarien acostumades a veure frares per aquelles rodalies i es responia que sí, perquè els frares del seu convent solien eixir a demanar almoina per tots els pobles de la comarca quan sabien que la collita havia estat bona.

Quan trucà a la porta de la primera casa, amb aquella roba i carregat amb l'arqueta, la dona imaginà que anava a demanar diners i va eixir de la casa queixant-se de la dura crisi i acomiadant-lo amb les velles paraules:

—Una altra volta serà, germà.

Però Eugeni reaccionà de seguida.

—No vinc a demanar diners, senyora ama —digué— sinó a demanar-li un parell de favors, per l'amor de Déu, i pagant allò que siga.

—Si és així, passe avant. Respongué l'ama sense vacil·lar.

Al cap de ben poca estona, Eugeni anava ja vestit de persona, amb una roba humil però neta, i era assegut a taula, disposat a menjar bona cosa, perquè la caminada i la por li havien fet un gran buit a l'estómac.

Quan acabà de dinar es va trobar molt més tranquil, convençut que les coses li anirien bé. Abans d'acomiadar-se encara va comprar més roba i temptà l'amo de la casa perquè li vengués, a bon preu, una mula guitza que tenia, però allò no ho pogué aconseguir, perquè els animals eren una ferramenta de la qual no sempre venia bé desfer-se'n. Amb diners, els homes no podien llaurar, i a Xàtiva no hi havia fira fins al pròxim estiu. Per tant, la mula s'havia de quedar a casa.

De manera que Eugeni, encara amb alguns diners a la butxaca, tranquil i ben alimentat, va haver de continuar a peu el seu camí. Per indicacions dels llauradors, que, poc dalt o baix, havien entés el seu problema, marxà cap a Alzira, on els soldats havien estat fent la lleva uns dies abans i, per tant, no hi tornarien durant una llarga temporada.

XIII

Al cap de ben pocs dies d'haver escapat del convent, Eugeni havia estat víctima de tots els malvividors de la comarca i de molts que havien arribat de fora. S'havien burlat d'ell i de la seua inexperiència contínuament, i els pocs diners que encara guardava havien canviat de mans tan de pressa i d'una manera tan alarmant que hagué de vendre l'arqueta de fusta i, amb part dels diners que li donaren, comprà una bosseta de vellut negre on cabien ara tots els seus estalvis. Afortunadament, Eugeni era inexpert però no imbècil, de manera que cada nova experiència li va servir de lliçó i ja havia començat a no fiar-se ni de la pròpia ombra.

Malgrat totes les precaucions, decidit com estava a anar a València al preu que fos, uns segadors l'havien enviat cap a Xàtiva, justament en la direcció contrària, després de traure-li diners per a un bon sopar i un bon dinar. Aleshores, hi havia a Xàtiva un batalló sencer de soldats que anaven reclutant tots els joves que no tenien diners per pagar la lliurança. Per això Eugeni, caminant confiadament cap a la seua perdició, veia com passaven molts xics en direcció contrària a la d'ell, sense sospitar quin era el motiu d'aquella desbandada.

Quan ja havia passat per Manuel i estava ben segur de veure de seguida els grans edificis de la ciutat somniada, es va creuar amb un altre jove que fugia també dels soldats. El que venia de Xàtiva semblava no tenir pressa. Saludà amigablement Eugeni, que li correspongué, i els dos van seure a una vora del camí, disposats a descansar i a intercanviar experiències si calia.

—Sóc Ximo, —digué alegrement el jove, mentre començava a fer una cigarreta— i no sé qui era el meu pare.

Eugeni es va sorprendre i va fer també la seua presentació.

—Jo sóc Eugeni i, encara que sembla una broma, tampoc no sé qui és el meu pare, ni la meua mare.

—Jo sí que tinc mare —respongué Ximo, sense donar massa importància a les coincidències— però no m'ha fet molt de paper. Des de menut que visc pels carrers de Xàtiva, buscant-me la vida, però ara em veig obligat a fugir a València, perquè em busquen els soldats i perquè ja estic fart de viure malament. A València, segons m'han dit, és fàcil guanyar diners i jo en necessite perquè vull anar-me'n a Amèrica.

Eugeni, amb la boca oberta, comprenia els temors i les il·lusions de Ximo, però no li cabia en el cap per què parlava d'anar a València si caminava, justament, en direcció contrària. Al socarrat li feren tanta gràcia les històries ridícules que li contà Eugeni que de seguida li va fer un lloc dins el seu cor. Mentre fumava, li explicà que aquells segadors s'havien tornat a burlar d'ell. I quan per fi el va convéncer que deia la veritat, els dos amics, l'un amb pocs diners i l'altre amb molta astúcia, marxaren junts cap a València pel bon camí.

Per desig de Ximo passaren per Alzira, per veure si encara trobaven els segadors, però havien desaparegut aquell mateix matí sense dir on anaven. Passaren la nit del dijous a Alzira, dormint sota un dels ponts que salven el Xúquer, per estalviar, i l'endemà de matí, divendres, els dos amics feren la seua entrada triomfal a Sueca, des d'on pensaven arribar a València després de proveir-se d'algunes coses.

Abans de fer qualsevol altra cosa, i escarmentats per la incomoditat de la nit passada sota el pont, buscaren un hostal pulcre per passar aquella nit. Després anaren a banyar-se, pagant el servei amb els bons diners d'Eugeni, i una vegada allotjats i nets, anaren a preguntar els preus dels cavalls, perquè havien decidit comprar-ne dos per seguir el seu camí amb més comoditat i rapidesa. Per a Eugeni, allò de ser amo d'un cavall era, poc dalt o baix, una quimera irrealitzable i, efectivament, quan trobaren l'home que venia els millors cavalls de la comarca, descobriren que, amb tots els seus diners, no tenien ni per comprar-ne mig, i això només si era un cavall prim, vell i una mica coix. A Eugeni, que ja havia començat a fer-se il·lusions, li va caure l'ànima als peus, però el seu amic Ximo el va tranquil·litzar i li assegurà que l'endemà els dos estarien anant cap a València muntats en dos bons cavalls i amb diners suficients per passar les primeres setmanes a la ciutat sense massa preocupacions.

El mercat de Sueca, més antic que el mateix poble, s'instal·lava al carrer de la Fillola, al carrer de Sant Cristòfor, al carrer d'Utxana, al carrer del Barrot i encara a molts d'altres. Cada divendres, de feia segles, una gentada impressionant s'apretava al voltant de les parades de la carn, de la roba, del peix, de les espècies vingudes d'Amèrica, dels animals de ploma amb el seu guirigall eixordidor. Tots, mercaders, compradors i simples observadors, suaven com si cavassen, malgrat que ja era ben entrat el mes de novembre.

Allà baix, entre els colors vius de les peces de roba, dues dones discutien amb la venedora el preu d'un retall que volien comprar. Més avall, amb la pell del mateix color bru que les seues obres, un venedor de peces d'argila, rodejat de botiges, cànters, llibrells, cisternes i cossis de diverses dimensions, predicava les excel·lències de la seua mercaderia i convidava els homes a tastar un glop d'aigua de la seua botija meravellosa, que la conservava freda com la d'una altíssima font. En un altre lloc del mercat, entre els crits indiscriminats dels animals que s'amuntegaven els uns damunt dels altres, hi havia dones i homes que comparaven preus i mides, caminant amb dificultat entre les gàbies. Hi havia gàbies de totes les grandàries, plenes de gallines, de pollets, d'ànecs muts, de titots o galls d'indi, de coloms peters i fumats. Algú oferia pitxers de saborós arnadí acabat de coure, calent encara, i una dona, acalorada i despentinada, corria perseguint un xiquet que li havia furtat les espardenyes acabades de comprar.

El pobre Eugeni anava amb la boca oberta, deturant-se davant de cada taulell i mirant, amb especial interés, les xiques que passaven. Ximo havia d'anar sempre estirant-li el braç, perquè tenia pressa i volia anar a uns llocs molt concrets: les parades on els ramaders venien els seus cavalls, els seus ases o les seues mules i, sobretot, la taula que feia de llotja, ben vigilada, on els recaptadors dels consums cobraven els impostos de totes les mercaderies que entraven i eixien de la vila, entre les cares serioses i fosques dels forçats pagadors.

A Eugeni, tanmateix, l'avorrien aquelles parades tristes on només hi havia homes i on no es podien veure coses divertides ni interessants, però Ximo l'agafava fort del braç i li repetia que fes el favor de callar i de seguir-lo.

Cap a les dues de la vesprada, quan ja els mercaders anaven recollint les parades, els dos amics decidiren, per unanimitat, anar-se'n a dinar. En passar per davant de l'ajuntament, notaren un cert rebombori i preguntaren a un vellet.

—No és res d'extraordinari, fills meus —respongué l'home, amb un somriure sense dents. És la gent que, com cada divendres, va a queixar-se perquè li han robat tots els diners.

Eugeni, aleshores, començà a comprendre el gran interés de Ximo per les aglomeracions.

Passejant després pel carrer de la Fillola, lluny ja del tràfec del mercat, Ximo va traure, ves a saber d'on, almenys sis bosses de vellut de diferents colors, plenes de reals, de lliures i, fins i tot, d'alguns doblers d'or. Eugeni va notar un estrany sentiment, entre l'alegria, per haver trobat per fi un amic vertader, i el penediment, perquè reconeixia que allò no estava bé i que ell, en certa forma, era també còmplice d'aquells furts. En mirar-li la cara, Ximo li donà la primera lliçó de la seua nova vida.

—Robar —li va dir— no pot ser pecat de cap de les maneres, sobretot si és per a bé. Als qui no tenen diners ningú no pot robar-los, i els qui en tenen, pots estar ben segur, és perquè els han robats també, d'una manera o d'una altra. I ja saps que fer com fan no és pecat, bon amic.

Eugeni no ho va entendre del tot, però aquella nit va sopar amb el mateix gust que el vertader lladre i, l'endemà de matí, després d'haver dormit còmodament, tingué la felicitat de muntar el seu primer cavall. A les onze del matí, els dos amics enfilaren el camí de València muntats en dos alts cavalls, l'un negre i l'altre bai. El soroll dels bons diners que duien a les butxaques posà una música alegre a tota la marxa.

XIV

Aquella nit els dos viatgers ja dormien a València, en una fonda on s'ajuntaven tots els carreters que anaven arribant a la ciutat des de tots els indrets del país, amb els seus carros carregats de llegums, de carn, de verdures, de grans de tota mena i de totes les altres coses que els habitants de València necessitaven per viure. Aquells homes portaven una vida realment dura, sempre dalt del carro, exposant-se als assalts dels roders i als mals oratges, morint de fred o delirant per la calor, fent llegües i llegües per les polsoses carreteres del pla i de la muntanya. I estaven descontents. Ximo i Eugeni sentien molts comentaris referents a una revolta que no tardaria gens a esdevenir si les autoritats no arreglaven tot allò dels consums.

Els carreters, molts dels ciutadans de València i també els llauradors de l'Horta i de les altres comarques estaven disposats a posar-se forts i armar-ne una de bona si el govern no suprimia d'una volta per totes alguns dels nombrosos impostos que, segons els afectats, s'enduien tots els guanys. Els llauradors es queixaven també, com sempre, perquè treballaven molt i en treien uns beneficis ben minsos. De manera que tota la gent anava avalotada per aquells dies i, a València, es respirava l'aire renovador de la revolució.

Dormiren ben tranquils aquella nit, malgrat tot, perquè pensaven que aquella revolució no era cosa d'ells i perquè, després de tantes hores de viatge i de tantes emocions, estaven mig morts de cansament. Ximo, ben tapadet al llit, explicava a Eugeni que ells, pobres desgraciats, ben poques coses podrien perdre en cas d'una revolució i que, contràriament,

es trobaven en una situació òptima per traure bon profit dels desordres i de les alteracions.

Els dies següents els passaren els dos amics emborratxant-se de ciutat, visitant els llocs famosos que havien sentit anomenar alguna vegada o que Eugeni havia vists dibuixats als grossos llibres del convent: la Seu, el Micalet, Santa Caterina, les Torres dels Serrans i les de Quart, la meravellosa llotja, els carrers perillosos del barri del Carme, el camí del Grau i les drassanes.

Menjaven i bevien als més famosos hostals, evitaven les patrulles que trobaven massa sovint i xarraven amb la gent, que els explicava coses i els oferia, desinteressadament, els més variats punts de vista sobre la situació revolucionària.

Els rumors que s'apropava una gran revolta eren cada vegada més insistents i fonamentats. Els soldats havien augmentat considerablement en pocs dies i la gent ja aventurava opinions sobre el lloc, l'hora i les armes que portaria el poble al combat per la llibertat. Ximo i Eugeni havien canviat a poc a poc de manera de pensar. Ara, després de viure dues setmanes a València, se'n consideraven ja ciutadans de fet i es reien burlonament dels llauradors que trobaven pel carrer, vestits amb l'ampla brusa negra. Si venia de veritat la revolució, uns xics com ells no podien deixar passar per alt tan gran oportunitat de demostrar la seua vàlua, el seu amor a la llibertat i la seua total adhesió a qualsevol moviment que s'encaminàs a millorar les condicions de vida dels homes que habitaven aquells meravellosos carrers de la ciutat que ja consideraven seua.

Eugeni pensava que, al germà Pere, li hauria agradat viure aquella aventura. I es donava el cas que, cada vegada que els seus pensaments volaven cap al convent, li costava un gran esforç contenir les llàgrimes que li venien als ulls. Però de seguida, Ximo aprofitava l'ocasió per convidar-lo a anar de festa: beurien i oblidarien, reforçarien la seua gran amistat i acabarien abraçats i rient-se de la pròpia alegria.

Un d'aquells dies marcadament sentimentals, els dos amics eixiren al carrer disposats a oblidar no sabien ben bé què. La veritat era que amb tantes alegries i tantes emocions, els diners s'acabaven a la carrera i a València, per desgràcia, no resultava tan fàcil fer-se amb unes bosses de reals, perquè la gent estava previnguda. Però com Déu apreta però no ofega, com solia dir Eugeni, els dos amics no tardaren a tenir novament davant seu l'oportunitat de fer-se amb unes monedes.

Malgrat les nombroses prohibicions al respecte, uns homes havien organitzat una partida de galotxa i estaven recollint les apostes dels qui volien jugar-se els diners a una part o a l'altra. Ximo, que era perillosament afeccionat al joc de la pilota, s'hi jugà de seguida tots els diners que portava damunt. Quan s'acabà la partida, els dos amics van veure com, malgrat la famosa vista de Ximo per als negocis, els seus diners passaven a la butxaca dels organitzadors. Es quedaren molt tristos i pensaren que si la revolució tardava una miqueta, tornarien a passar fam.

Ja se n'anaven, amb el cap entre els muscles, quan dos dels homes que havien estat jugant, dos professionals de la pilota, desafiaren qui volgués jugar contra ells, posant pel mig algun envit abellidor. A Ximo li va costar molt de convéncer Eugeni, però, finalment, arreglaren la partida. Per desgràcia, a l'hora de la veritat, aquells dos no volgueren començar sense tenir una garantia, de manera que Ximo va anar a l'hotel on s'hostatjaven i portà un pagaré per la venda dels dos cavalls. I, per fi, amb els diners i el pagaré en bones mans, començà la partida.

Ximo, que tenia molta experiència, jugava darrere, i Eugeni, que alguna vegada havia jugat al convent, feria bonament i jugava, com podia, de mitger. No serien tan bons aquells dos perquè, després d'alguns jocs, els dos amics anaven per davant. La gent que mirava, satisfeta i convençuda que la joventut podria amb l'experiència, havia començat a tirar per a ells i els diners corrien bona cosa, provocant l'alegria de Ximo, que ja s'ho veia tot fet. Però en això, Eugeni va veure clarament com un dels homes que jugaven contra ells va fer un senyal a un dels que miraven. I de seguida, aquell se'n va anar.

Al cap de poquíssims minuts, quatre agutzils aparegueren pel cap del carrer, cridant i obligant tots els presents a quedar-se quiets si no volien tenir un disgust. Els jugadors, naturalment, arrancaren a córrer sense fer-hi gens de cas, tractant de fugir per qualsevol lloc, i enmig de la confusió, l'home que tenia els diners i el pagaré va desaparéixer. Eugeni, que estava en tot, perquè continuava sense fiar-se de ningú, va córrer al seu darrere i, sense massa esforç, el va atrapar i li llevà la bossa on tenia guardades les apostes.

De seguida arribà Ximo, donant les gràcies a Déu per haver recuperat els diners que, al seu entendre, eren honradament guanyats. Encara passava gent pel carrer, corrents cap ací i cap allà, i en això, per un cantó, van aparéixer els quatre agutzils, mentre per l'altre venien els homes que havien jugat a pilota. Eren massa gent per fer-los front i ara ja estava més que clar que treballaven junts. De manera que els dos amics decidiren fugir per un estret carrer que, desgraciadament, no tenia eixida.

Ràpidament, tractaren de botar el mur, però era massa alt, les parets eren completament llises i els seus perseguidors anaven apropant-se. Ximo, en un darrer gest d'amistat, tranquil·litzà el seu amic dient-li que si haguessen perdut no hauria passat res, perquè aquell pagaré era més fals que els agutzils que ara estaven a punt d'agafar-los.

Eugeni va somriure, amb una mirada molt explícita, i va estar a punt d'abraçar el seu amic, com feien aquelles nits de borratxera. Els seus perseguidors estaven ja damunt d'ells.

XV

De sobte, començaren a passar coses difícils d'explicar. Sonaven trets llunyans i pròxims, venien homes armats, fugien els agutzils, no fos cosa que els confonguessen, començava a veure's pujar cap al cel una espessa fumarada, seguien sentint-se trets i, fins i tot, un parell de vegades, el tro sec d'un canó va fer retronar les parets de l'estret carreró. Els dos amics, que s'havien quedat sols i amb bona cosa de diners, van comprendre que la revolta anunciada i tan esperada havia esclatat per fi.

Quasi sense adonar-se'n, van córrer cap al centre de la ciutat i no s'aturaren fins arribar al carrer de Russafa on, una barricada que encara estaven acabant d'alçar, els tallà el pas. Amagats entre els mils objectes que formaven aquella barrera defensiva, uns homes disparaven els seus vells fusells o les seues escopetes de caçar conills, i a l'altra banda del carrer, alguns soldats ocupaven penosament els primers refugis que trobaven. Eugeni i Ximo guardaren escrupolosament els diners i esperaren.

La cosa durava ja més de dues hores i no semblava que anàs a acabar-se només perquè sí. En això, arribà a la barricada un carro carregat amb fusells i municions, els dos amics s'hi trobaren amb un fusell a la mà. Ja estaven del tot dins la revolució, encara que aquella no era l'entrada que a ells els hauria agradat, però una vegada posats, ja no costava gens començar a disparar, tractant de fer blanc en algun enemic i tractant, sobretot, de no ser ells mateixos el blanc de les bales de l'exèrcit. Dispararen fins ben entrada la nit i acabaren esgotats, endormiscats damunt un dels matalassos de la barricada, sense saber què passava a la resta de la ciutat, ni quin era, exactament, el seu paper dins la revolució. Només els arribaven notícies d'una suposada i gens creïble rendició dels soldats, d'una reunió que estava celebrant-se en aquells moments no se sabia on, d'uns acords, molt indefinits, que anaven a signar les dues parts i que, sens dubte, serien beneficiosos per als rebels.

Quan Eugeni i Ximo portaven ja més de vint-i-quatre hores disparant arribà un grup de gent que venia de l'horta, disposada a rellevar els seus heroics companys de la ciutat. Els dos amics, bruts, cansats i amb els ulls carregats de son, quedaren lliures per a voltar per la ciutat i la primera cosa que feren va ser anar a la fonda on estaven hostatjats, per veure si encara quedava menjar i comprovar si eren al seu lloc els cavalls i les poques coses que tenien.

Els va costar més de dues hores arribar al barri on estava la fonda, però, afortunadament, arribaren bé de salut i amb els diners encara a la butxaca. Allà també s'havien fet forts els rebels i els soldats es mantenien a una distància prudencial. Els homes que disparaven o tiraven pedres des de les barricades els obriren pas perquè el seu aspecte no oferia lloc als dubtes: eren dos herois de Russafa, dels que havien passat un dia sencer fotent trets per tal de mantenir quiet l'exèrcit al centre de la ciutat, mentre els altres rebels organitzaven la defensa dels barris perifèrics.

Amb prou faenes aconseguiren deslliurar-se dels nombrosos curiosos que els empaitaren amb les preguntes més impensables. Ells només tenien ganes de comprovar que tot estava bé i d'anar-se'n al llit, després d'haver-se llevat del damunt la pols de tots els carrers de València. Entraren a l'estable i veren que els cavalls, miraculosament, es trobaven al seu lloc, encara que estaven nerviosos i havien perdut pes i arrogància.

Després, més tranquils i satisfets, perquè estaven convençuts que s'havien portat com uns herois, pujaren a banyar-se sense fer massa cas de les atencions de l'amo de la fonda, que els recordava que ell els havia tractat molt bé des del principi, perquè sabia que eren els capitans de la revolta, els homes enviats per organitzar la defensa de la ciutat.

Però, per desgràcia, gaudiren ben poc de les delícies del bany tebi que els havien preparat, perquè, quan estaven ben plens de sabó, sentiren clarament unes veus que venien del carrer i que asseguraven que nombrosos soldats acabaven d'arribar a la ciutat, mentre els rebels començaven a retirar-se, derrotats, cansats i avergonyits. Només aguantava la barricada on ells havien estat, al carrer de Russafa, però ja corrien rumors que un canó molt gran anava cap allà i que l'exèrcit tenia ordres ben clares: desfarien mig València si calia, per tal de fer entrar en tall de raó els rebels.

No esperaren a sentir res més. Es vestiren tan de pressa com pogueren i guardaren els diners en llocs segurs repartits per les seues anatomies, sense ni tan sols girar-se per veure com deixaven les coses. Tingueren molta sort de poder arribar als afores de la ciutat sense problemes i cavalcaren relativament tranquils durant unes llegües, preocupant-se només de passar desapercebuts entre els carros de les famílies que també fugien.

A punt d'arribar a Silla, trobaren un home vestit de negre, alt i prim, silenciós, el qual cavalcava al llom d'una mula roja tan prima com el cavaller que la muntava, i, al seu darrera, encara portava una altra mula, molt més prima, i carregada amb infinitat d'atifells voluminosos. Pensant que com més serien, més riurien, i confiant que aquell home, pel seu aspecte, no havia de resultar perillós, els dos fugitius decidiren tàcitament fer el camí en la seua companyia. Al cap i a la fi no sabien on anar i necessitaven enraonar amb algú per calmar-se una miqueta i tractar d'aclarir, sense pressa, la seua situació i les seues idees.

Li ho contaren tot, amb plena confiança, i saberen que l'home era anglés i que viatjava perquè així ho exigia el seu ofici. Poca cosa més pogueren aclarir, perquè aquell singular home no parlava ni pegant-li als colzes.

Ben a prop de Sueca, els viatgers veren aparéixer, de cara, tot un batalló de cavalleria que, sens dubte, venia de Xàtiva o d'Alzira, on, segons les notícies que corrien de boca en boca, també hi havia hagut un important aldarull. Estaven per tornar-se'n enrere, quan l'home de negre els va dir, en aquell castellà tan difícil que parlava, que no havien de patir per res i que ell s'encarregaria de salvar-los del perill.

—*Solamente* —digué— *you estar caladous, no abrir boca por nada y si alguien preguntar, sólo hacer cara de tonto, como si no entender.*

Quan el batalló arribà a l'alçada dels viatgers, un oficial s'avançà i els demanà la documentació, preguntant-los si, per casualitat, no vindrien de València, i si tenien alguna cosa a veure amb la revolta i els desordres. L'home de negre, sense alterar-se gens, va respondre pels tres.

—*Good morning, sir* —va dir—. *We ser ingleses. My friends and me estar de viage por this country. Me hablar español a little, but my friends no comprender.*

I assenyalà Ximo i Eugeni que, efectivament, no comprenien i anaven posant-se grocs com la cera.

—*¿De dónde vienen?* Preguntà l'oficial.

—*We come from València, yes. Haber great tiros there and a lot of gente in the street. We marchar de prisa, no querer líos.*

I encara hauria pogut estar així durant hores si l'oficial, exasperat, no li hagués ordenat seguir el seu camí, no sense advertir-lo, abans d'acomiadar-se, que anàs amb cura amb els nombrosos roders i lladres de pas, als quals calia afegir, ara, els falsos revolucionaris fugits de la justícia.

Arribaren a Sueca sense més novetats i s'allargaren a l'hotel Flors per dinar. Pagaren, naturalment, els dos joves, agraïts pel gest d'aquell desconegut que els havia estalviat bona cosa de problemes, encara que l'home vestit de negre no havia tornat a dir ni mu durant la resta de la jornada.

Aquella nit, quan Ximo i Eugeni, sols, parlaren de totes les coses que havien passat, acabaren decidint que haurien de continuar el viatge en la companyia d'aquell home fascinant i silenciós. No els semblava massa bé decidir allò sense escoltar abans la seua opinió, però com que l'anglés no deia res, ni se li podien descobrir intencions de fer-ho, els dos amics pensaren que qualsevol persona, per callada i estranya que fos, acceptaria de grat la seua companyia, perquè els camins i els pobles no estaven com per a viatjar a soles. I, pensant que qui calla atorga, s'ajuntaren a l'expedició de l'anglés, decidits a anar on ell els portàs.

XVI

Fins la cinquena jornada de viatge, ja ben a prop d'Almeria, l'home de negre no va obrir la boca sinó per estricta necessitat: bon dia, bona nit, dormim ací, mengem allà o eixim a tal hora. El seu castellà, molt millor, per cert, que el que emprà quan va parlar amb els soldats, encara que no era un llenguatge d'una riquesa lèxica exuberant es feia entendre.

Però a la sisena nit, quan ja havien quedat més que demostrades les intencions d'aquells dos joves, el silenciós personatge va prendre la sàvia decisió de contar-los la seua vida. Estava ben clar que els seus acompanyants no anaven a abandonar-lo, ara per ara, i l'home pensà que, ja que anaven a viatjar junts, seria millor explicar-los quin era el vertader motiu del seu llarg viatge i quins eren els seus inalterables plans de cara al futur.

Georges, que quan parlava volia deixar les coses ben clares, començà aclarint-los la seua vertadera procedència:

—*Yo soy irlandés* —afirmà— *y no inglés, aunque siempre digo que lo soy, muy a pesar mío, para evitarme complicaciones y posibles problemas. Aún no sé muy bien por qué, pero, al parecer, la nacionalidad inglesa es un pasaporte para viajar por estas tierras sin problemas.*

Després d'aquella presentació, que els seus joves amics no acabaven d'entendre, Georges va traure una pipa, hi posà tabac, convidà els seus companys, demanà un pitxer de vi i continuà parlant.

—*Aunque os parezca un oficio extraño, jo vivo de vender bíblias por los lugares más apartados de la península, por esos pueblos que aún no conocen bien las Sagradas Escrituras. «And now», justamente en estos momentos de revolución y de cambios sociales y políticos, inicio, con mi pobre mula cargada de «Holly Bibles», mi último viaje por tierras andaluzas.*

Georges va beure, mirà en silenci els dos joves, que no gosaven ni respirar, i continuà la seua història. Volia anar, primerament, a la bella ciutat de Màlaga, per pujar després a Granada i a Còrdova. Passaria més tard per Sevilla i baixaria finalment cap a Cadis, des d'on, si havia venut totes les bíblies i no li havia passat cap desgràcia, pensava viatjar per mar fins la verda Irlanda, la seua estimada pàtria. Naturalment, abans d'anar-se'n, hauria de vendre totes les bíblies i, per tant, posant que tot li eixís bé, hauria de fer un parell de vegades aquell itinerari, cosa que ben bé podria durar dos anys o, almenys, un any i mig.

—«*Then*» —continuà Georges, en veure que els dos joves no es decidien a obrir la boca—, *cuando esté nuevamente en Irlanda, me quedaré ya para siempre en «my old twon». Empiezo a encontrarme cansado, soy viejo y, además, tengo la posibilidad de cambiar de oficio, porque una editorial de Londres me ha ofrecido bastante dinero por escribir un libro con mis experiencias y con anécdotas de mis viajes.*

El futur editor d'aquells llibres, explicà Georges, pensava, amb molt bon criteri, que aquelles històries de roders i de gitanos, de revolucionaris i de carlins, de llauradors morts de fam que compraven llibres religiosos i cremaven els convents i les esglésies, de tota la immensa colla de personatges exòtics que l'irlandés havia conegut per aquelles terres, despertarien la curiositat dels lectors de tot el món civilitzat. Ells mateixos, Ximo i Eugeni, si li ho permetien, serien també els protagonistes principals d'algun dels seus futurs relats.

Els dos amics es mostraven cada vegada més contents, segons que anaven avançant les explicacions de Georges. No es llevaven del cap la sorpresa que els va causar l'aparició quasi fantasmal d'aquella figura prima i negra, i ara veien que havien triat molt bé la companyia per al seu viatge sense rumb. Tots els detalls de la personalitat de l'irlandés eren originals, però el que més cridava l'atenció era aquell estranyíssim ofici de vendre bíblies en un país on ni tan sols la dècima part de la gent sabia llegir.

—Jo —digué per fi Eugeni— ho entenc quasi tot, però no puc comprendre per quina poderosa raó compren un objecte tan inútil com un llibre unes persones que ni tan sols tenen prou diners per menjar bé. —Georges no va fer cap comentari i Eugeni continuà:— Però, encara que no ho entenga, m'alegre molt d'haver conegut un home tan original i estaré molt orgullós d'aparéixer no en un, sinó en tots els llibres que vosté escriga quan la vida li ho permeta.

L'irlandés, assegut a la vora de la gran xemeneia de la fonda, fumant la seua pipa i bevent bona cosa de vi, no havia acabat encara de parlar i tenia respostes per a tots els dubtes i totes les cabòries dels seus companys de viatge.

—*Hasta ahora* —digué, amb un accent cada vegada més andalús— *no había hablado mucho porque no me gusta y, además, porque no me fiaba de vosotros. Os salvé de los soldados, a pesar de todo, porque soy un buen cristiano. Además, los soldados os hubieran dado un fusil y os hubieran obligado a matar a otros jóvenes muy parecidos a vosotros —en aquell moment callà i va beure un glop de vi, per afirmar:— no me gustan los soldados, sean del país que sean. Pero ahora ya sois amigos míos y quiero que seais mis socios, si es que os gusta mi oficio y queréis ganar dinero.*

Allò de vendre bíblies, segons explicava Georges, no era tan mal negoci. Només calia tenir bona presència i saber parlar, ser constant i no deixar escapar una sola oportunitat. La resta era cosa de la fe de la gent i de la mateixa força de la paraula de Déu.

Ni Ximo ni Eugeni no tenien cap altra cosa millor en perspectiva, de manera que, sense dubtar-ho massa, acceptaren incondicionalment l'oferta de Georges. Anirien a comissió, segons les bíblies que poguessen vendre. Així tots estarien igual de ben pagats i no hi hauria ni amos ni criats.

Els tres brindaren per la prosperitat de la nova empresa i Georges, encara que mai més no tornà a dir tantes paraules seguides, va parlar quasi amb normalitat des d'aquell dia i va ensenyar als seus socis moltes coses que els resultaren de gran profit en aquells moments i també molts anys després, quan els camins de les seues vides se separaren i els portaren cap a uns futurs ben diferents.

XVII

A l'hora de la veritat, quan es posaren a la faena, Georges sol venia moltes més bíblies que Eugeni i Ximo junts, però ells encara no necessitaven els diners i, amb els beneficis, tenien per menjar de calent cada dia, per passar les nits a cobert i per mantenir vius i sans els seus cavalls. I, damunt, encara es divertien bona cosa.

L'irlandés anava sempre explicant-los, amb poques paraules, les coses curioses que ell coneixia de quasi tots els racons per on anaven passant. Quan travessaven les muntanyes, al lent pas de les seues cavalcadures, Georges els explicava quin era el roder més important de la contrada, com havien d'actuar si els eixien al pas els soldats, uns esperits o uns assaltants. I, fins i tot, en un parell d'ocasions, Georges va tenir l'oportunitat de posar en pràctica els seus coneixements teòrics, i la veritat és que els viatgers eixiren ben lliurats.

No hi havia dubte que aquell home sabia moltes coses de la gent i de la vida i, al llarg dels mesos que durà la seua estreta relació amb ell, Eugeni va comprendre que no totes les coses que un home ha de saber estan escrites als llibres, sinó que cal també viure, que cal marxar amb els altres homes pels camins de la vida. Que cal fer nit als inhòspits hostals del camí, on solen habitar vells esperits de llegenda i persones ben vives. Que cal també, si l'ocasió es presenta, participar en revolucions inesperades, i, sobretot, passar una mica de por. Només unint aquestes dues formacions complementàries, pensava Eugeni, un home podia considerar-se cabalment home.

Foren uns mesos profitosos, feliços i divertits, els quals serviren, entre altres coses, per fer comprendre als tres amics el valor de la vertadera amistat i de la companyia. Ho havien compartit tot durant molts dies i s'apreciaven mútuament, però cap dels tres no era, precisament, un home de costums i de vida sedentària, i, a poc a poc, encara que no gosaven fer comentaris al respecte, anaven avorrint-se d'aquella manera de viure, però esperaven a prendre la decisió final quan s'acabassen les bíblies. Així, tindrien una bona excusa per separar-se.

Georges, que no debades era el més vell, sentia una gran enyorança de la seua verda terra i anava cansant-se de tant de sol i tanta claror mediterrània. I la veritat és que també estava una miqueta cansat d'explicar una vegada i una altra totes aquelles coses, aquelles llegendes i aquells secrets que havia hagut d'aprendre amb molts anys d'esforços i sacrificis.

Ximo, avesat a una vida molt diferent, sempre plena de perills i d'inestabilitat, començava també a cansar-se de portar una vida tan monòtona, sense emocions fortes, sense inesperades aventures i sense gens de futur, segons pensava. I tenia sempre la vista posada en Amèrica, el paradís llunyà on estaven esperant-lo la fama i la fortuna.

Eugeni estava ja cansat de cavalcar, de no poder llegir cap cosa nova que donàs ales a la seua imaginació, de sentir sempre les mateixes converses i de veure com s'avorria Ximo. I, per acabar-ho d'arreglar, no s'havia llevat del cap, ni per un segon, la preciosa imatge de la jove Mercé. Volia deixar-se caure en les mans finíssimes de l'amor i estava decidit a anar a buscar-la, ni que fos a l'altra part del món.

De manera que, quan ja feia quasi dos anys que els venedors de bíblies recorrien junts els camins, el pla i la muntanya d'Andalusia, lligant una paraula amb una altra, parlant amb sobreentesos i dient les coses a mitges perquè ningú no gosava dir que estava cansat d'aquella vida, els tres amics esbossaren, poc dalt o baix, les seues pretensions de cara al futur. I esperaren només que s'acabassen les bíblies per marxar cadascú pel seu costat.

«It will be really a pity» —començà Georges— *viajar solo, después de tantos meses en buena compañía, «but the holly bibles» ya se acaban y quiero embarcar en Sevilla o en Cádiz, para regresar definitivamente a mi querida Irlanda. Si Dios me da salud y no dispone otra cosa, viviré tranquilo, recordando los buenos momentos pasados bajo este sol mediterráneo, y escribiré, por fin, mis esperados libros de viajes.*

—Jo —confessà aleshores Ximo— he estat temptat, moltes vegades, d'anar-me'n una nit amb els dos cavalls, la roba, les dues mules i tots els diners possibles. Però a l'hora de la veritat em resultava impossible abandonar-vos. Vull anar també a Cadis per embarcar. Ara que tinc els diners i l'experiència, vull realitzar el meu somni: aniré a Amèrica, on, sens dubte, m'esperen la fama i la fortuna.

—Jo estic decidit a tornar a València —afirmà Eugeni quan li arribà el torn. Sé que correré un gran risc, pels soldats i per tots els altres perills del viatge. Però estic decidit a trobar la meua estimada Mercé i no dubte que un jove com jo podrà guanyar-se bé la vida pel camí i, fins i tot, si tinc sort, assolir el perdó de la justícia amb algun acte digne de recompensa. De manera que, si no s'ajunten el cel i la terra, aniré a València, on espere, finalment, trobar la felicitat i l'amor.

Amb aquelles tres confessions, la part més difícil de la separació ja havia començat. Després de la conversa, Ximo i Eugeni repartiren com a bons germans els diners que tenien i els dos es trobaren amb suficient capital com per enfrontar el llarg viatge que els esperava.

Als pocs dies, en arribar a un encreuament fet a posta per als assaltants i els roders, els tres amics s'acomiadaren amb la idea que, possiblement, no es tornarien a veure mai més. Georges va prometre que els dedicaria un dels seus llibres i ells li asseguraren que el buscarien en totes les llibreries d'Europa i d'Amèrica, encara que no el podrien llegir, perquè no sabien anglés.

Després, Ximo i l'irlandés adreçaren les seues cavalcadures cap al port de Cadis i Eugeni s'encaminà novament cap a la mora Granada, des d'on pensava passar a Còrdova per seguir el seu viatge fins a València per l'interior ja que imaginava trobar un camí més tranquil que no el de la costa.

Per la cara del jove solitari, bruna pel sol, rodaren dues llàgrimes mentre els seus amics, tristos també, s'allunyaven cap als seus desconeguts destins.

XVIII

Li quedaven encara moltes hores de camí, quan va notar un gran buit a l'estómac. Després, acabada l'aventura, no va ser capaç de recordar si aquell buit era només fam o si era, realment, un fosc pressentiment. Però ja havia après que les coses importants no poden abandonar-se d'avui per a demà, de manera que es va deixar estar de filosofies i va decidir que pararia a dinar a la primera fonda que trobàs. De vegades, arribava a oblidar que fugia de dos enemics poderosos i amb sucursals repartides per tots els indrets del món: l'exèrcit i l'església, i quan ho oblidava vivia més tranquil, però quan ho recordava, marxava més assossegat perquè, almenys, estava sempre alerta.

Perdut en aquestes complexes reflexions anava el nostre amic quan va arribar a un poblet molt menut, amagat entre les altes muntanyes de Sierra Morena. Eugeni entrà a la fonda i demanà que li preparassen un bany i que li parassen taula. Quan, ja ben llavat, estava fent honors al dinar, arribaren a la fonda quatre soldats una miqueta massa plens de vi o d'aiguardent. L'únic client que hi havia a la fonda en aquells moments, era Eugeni i els soldats, sense cap altra cosa millor a fer, començaren a molestar-lo amb paraules fofes i absurdes, com les que solen emprar sovint aquests homes, sempre buscadors de gresca. Eugeni menjava tranquil·lament, com si la fonda fos plena de gom a gom i aquells insults no anassen dirigits a ell. Aquells quatre feien burla del seu cavall, un tant desmillorat per les inclemències del camí, i de tota la persona del pacient jove. Però a Eugeni se li havia encomanat la flema de Georges i allà seguia, menjant tranquil·lament i fingint no escoltar-los, encara que la processó anava per dins.

Acabava de separar-se dels seus amics, estava trist i no era cosa de crear-se quatre enemics nous, només per aquelles paraules fruit de l'eufòria i la poca educació dels soldats més que no de les males intencions o de vertaderes ganes d'ofendre.

Desgraciadament, allà dalt, als astres, el destí d'Eugeni estava escrit en bona lletra. Els soldats començaren a parlar de dones i, de tant en tant, demanaven l'opinió del viatger, el qual seguia engolint, com si tal cosa. Fins que, un d'aquells pobres borratxos, va dir unes paraules lletges referides a la possible enamorada d'aquell ridícul jovenet.

Al cap de ben poca estona, entre els soldats borratxos i Eugeni, s'havien carregat una part important dels mobles de la fonda. La mestressa havia enviat a cridar l'oficial que manava de la tropa, perquè no volia problemes. I entre unes coses i les altres, sense acabar d'entendre res, Eugeni es trobà emmanillat i caminant, a peu, entre els cavalls dels soldats i el seu propi cavall, cap a un incert destí. L'acusaven d'un fum de coses, i això que encara no en sabien de la missa la meitat.

A l'eixida del poble, una gitana que caminava en direcció contrària a la trista comitiva va voler llegir les mans als soldats, per veure si, amb les seues arts mil·lenàries, guanyava uns diners. Eugeni, que tenia encara la butxaca prou plena i no sabia de quina forma se li acabarien els diners, per passar el temps i per fer un acte de caritat, volgué saber si ell era, realment, la personificació de la mala sort. La gitana, una dona encara jove, però molt desmillorada, li cobrà per endavant, per si de cas, i després de llegir-li les mans en totes les direccions possibles, li donà el seu veredicte, que va ser realment profètic.

—*Viene de tierra lejana.* Començà. I Eugeni li digué que allò ho podia endevinar un xiquet de bolquers, perquè per saber que venia de lluny, només calia mirar una mica el seu tristíssim aspecte.

—*Aunque no lo parehca* —continuà la gitana, sense fer gens de cas dels comentaris— *ú uhté hiho d'una persona importantísima.*

I Eugeni, ara, no va dir res, però els colors li pujaren a la cara.

—*Por injuhta acusasione* —seguí la gitana— *hase tiempo que era perseguío por la juhtisia.* Eugeni digué que tampoc no tenia massa mèrit endevinar allò, veient-lo presoner, esposat i fortament custodiat.

—*La muhé que quiere dehde hase tiempo* —continuà la gitana, com si els comentaris no anassen amb ella— *s'ha casao, pero no é felí, sufre musho y entavía no tiene hiho. Hay una gran sombra negra que dificurta la visión de la otra cosa del amó.*

Aquesta vegada, Eugeni tampoc no va dir res, però notà com el seu cor es desbocava dins el pit.

—*Muy pronto* —va seguir la gitana, que volia guanyar-se bé el jornal— *va a comensá pa ti una nueva vida, mu diferente a la que hah vivío hahta ahora.*

—*Sí* —digué un dels soldats—. *¡La gran vida que se tirará en la cárcel!* —I tots, fins i tot Eugeni, van riure de bona gana.

—*En un tiempo no lehano* —digué la pitonissa amb una veu fonda i misteriosa— *será un hombre famoso, conosío por tóo, temío y obedesío por musha gente, pero aún te perseguiran inhuhtamente.*

Silenci total entre els espectadors.

—*Será inmortá* —xiuxiuejà la gitana, amb uns ulls com rellotges— *porque sólo podrá morí en er lugá donde nasihte, aunque ehto no ehtá mu claro, si te hieren en er corasón con una bala sobre la que dose cura hayan disho dose misa y eso sólo si la persona que dihpara te ha querío arguna vé y luego t'ha traisionao.*

El silenci, ara, es podia tallar amb un ganivet.

—*Tu vida* —acabà la gitana— *será recordá en libro y cansione, y musha persona contaran tu hihtoria y shoraran tu muerte, si é que arguna vé muere.*

Amb aquestes paraules, la gitana donà per ben acabada la seua faena i se'n va anar de pressa, per si de cas els soldats tractaven de divertir-se posant en risc la seua bruna pell. Eugeni, entre les darreres rialles de la seua custòdia, va reprendre el camí terriblement capficat, perquè la gitana havia endevinat detalls molt amagats dels temps passats i allò el feia pensar que no es tractava de pures casualitats. Al nostre amic l'inquietava, naturalment, allò de la immortalitat i de la futura glòria, però com això estava encara molt lluny, ara el preocupaven, sobretot, les altres afirmacions de la gitana, relatives al casament i a la infelicitat de la seua estimada Mercé. ¿Seria veritat? El temps, si no passava res encara pitjor, ho diria.

XIX

Tot cavil·lós i ben custodiat, marxava Eugeni pels ombrívols camins de Sierra Morena, quan, de sobte, uns trets i uns crits ressonaren allà dalt de la muntanya. Ràpidament, els soldats es prepararen per a la defensa. Els roders encarregats d'aquella contrada eren tan descarats que, ja de ben lluny, anunciaven a crits els seus propòsits: furtar-los els cavalls i les armes i deixar-los en calçotets. Eugeni, que no tenia res a veure amb tot allò, s'apropà al seu cavall i es resguardà de les bales amb el cos d'aquell bon amic que l'havia acompanyat al llarg de tantes llegües. De seguida, tingueren l'enemic enfront.

Els trets eren cada vegada més continus i, ben prompte, una espesa boira blava, orolosa de pólvora, envoltava els soldats i les seues muntures. Amb gran rapidesa, els roders havien rodejat la patrulla i els pobres soldats seguien mantenint-se junts per pur instint de conservació. Finalment, en veure que els assaltants s'aproximaven de forma perillosa, els soldats iniciaren, sense gens de marcialitat, una ràpida maniobra de fugida. Abandonant els seus cavalls i tot allò que els impedís els moviments ràpids, van córrer cap al poblet on havien detingut Eugeni, amb tota la velocitat que els permetien les seues àgils cames.

El pobre Eugeni, sense saber què fer, s'havia quedat clavat al costat del seu cavall i, com sempre que estava en perill, havia començat a reflexionar. Anar-se'n amb els soldats no era fugir d'un perill, sinó continuar sent el seu presoner, sense cap possibilitat de salvació. Quedar-se quiet era oferir-se com a presoner dels roders, si és que el volien, i ser víctima potencial de les seues injúries i vexacions. Però cabia la possibilitat que l'abandonassen, després de deixar-lo nu i sense cavall. Aleshores podria continuar, a peu, el seu llarg camí.

Pensava que hauria fet millor de quedar-se amb els frares, dedicat a la pregària i a la meditació, sense fer cas dels cants de sirena que arribaven, malgrat tot, al convent. I esperar allà, tranquil·lament, l'hora de rendir comptes a l'Altíssim, mentre veia esvair-se un cos que, fins ara, només li havia donat maldecaps, faenes i unes satisfaccions ben minses.

—Maleïda gitana —pensava—, maleït destí el meu i maleïda nova vida que aquella bruixa m'ha anunciat no fa ni mitja hora.

Però, tanmateix, encara li quedava una espurneta d'esperança i ho hauria donat tot per ben passat si, en acabar-se aquella que prometia ser una llarga odissea, trobava per fi la seua estimada Mercé i podia, almenys, veure-la de lluny, com havia fet aquells dies feliços al convent.

Els roders ja començaven a arribar, fent burla, preguntant-li si era paralític o si no havia fugit perquè era un boig i havia inventat una nova forma de suïcidi. Però, en això, un dels roders va veure que estava emmanillat i, de seguida, com si aquells ferros rovellats fossen màgics, l'actitud dels assaltants canvià radicalment i les burles esdevingueren lloances. Sense deixar-li obrir la boca ni demanar-li cap explicació, l'havien pres per un d'ells i de seguida volgueren ajudar-lo: li proposaren que formàs part de la quadrilla.

Eugeni els va deixar fer, sàviament, sense acabar de creure que la sort s'havia posat de la seua part per una vegada. Després de les darreres aventures, i per malament que acabàs aquell assumpte dels roders, el fet de poder contar-ho ja podia considerar-se un èxit. De manera que Eugeni tornà a recordar la gitana, però ja no la va maleir.

Abans de res, al mateix lloc de la batalla i mentre els roders es repartien el botí, un ferrer li llevà les manilles a colp de martell, amb greu perill per a la integritat física de les seues delicades mans. Després, ja amb les mans lliures, pogué alçar la bota de vi que li passaren i en va beure de bona gana.

Reposat, Eugeni explicà que estava molt agraït i que volia continuar de seguida el seu camí. Però aquells bons amics insistiren tant que els acompanyàs al campament que, després de quasi una hora de conversa, en veure que un dels roders tirava mà al trabuc, com a últim argument, el presoner preguntà alegrement quin era el camí d'aquella hospitalària comunitat.

La comitiva, seguida pels cavalls dels soldats carregats amb les armes i les altres coses, marxà encara una bona estona pel camí real. Després trencaren per una drecera de la dreta, que pujava i pujava fins perdre's dins la boscúria. Travessaren muntanyes, passaren a gual tres o quatre rierols d'aigua clara i freda, davallaren costeres, escalaren pesadament pujols erms i arribaren per fi a un pas estret i humit, entre dues parets altíssimes i llises des de les quals els ulls avesats del sentinella els vigilaven. Aquell pas donava entrada a una vall menudeta i elevada, com de conte de fades, absolutament inexpugnable.

Sota la llum dels últims raigs de sol de la vesprada, molts homes i algunes dones s'afanyaven, ultimant les tasques del dia, anant i venint pels carrers tortuosos, però nets, d'un campament multicolor i bulliciós, format per barraques, catxiperes, canyissos, bardisses, roba enganxada a bastons i qualsevol altra combinació d'estaques, canyes, fang i tela. Allà, trencant amb les seues veus alegres el silenci de les altes muntanyes, vivien els roders i les seues dones, apartats d'un món el qual odiaven i que només visitaven de tant en tant, unes amb intencions ben clares.

Aquella era l'hora de més tràfec al campament. Les diferents partides que havien eixit de bon matí, disposades a assolar la comarca, tornaven a casa amb els seus botins. Eugeni es quedà meravellat en veure l'harmonia que regnava a la vall, tan diferent del món sempre agressiu que ell havia començat a conéixer de la mà de George i del seu amic Ximo. Aquells homes i aquelles dones, que se saludaven efusivament, que anaven i tornaven pel caòtic barri de febles construccions, tenien la mateixa presència, la mateixa parsimònia mil·lenària que els llauradors que havia conegut Eugeni quan, a poqueta nit, s'ajuntaven per beure un vinet a la plaça de qualsevol poble. Potser aquella vall sí que era l'autèntic paradís que Eugeni, sense voler saber-ho, anava buscant.

Durant la nit, entre la pesada digestió dels menjars ben carregats d'oli i els bafs del bon vi, Eugeni tingué molts malsons i es desvetlà moltes vegades. Pensava que algunes prediccions de la gitana havien començat a acomplir-se al peu de la lletra i va comprendre, amb gran dolor del seu cor, que també serien fatalment veritat les altres parts de la profecia.

Pensà que Mercé estaria realment casada i que, aleshores, la vida ja no tenia cap sentit per a ell. Per això va decidir que es quedaria entre aquells homes, fent la vida impossible a tots els qui, d'una forma o altra, l'havien perseguit i esperant que la mala sort l'abandonàs, almenys en l'hora de la mort.

Aquella vida a l'aire lliure, entre trabucs sempre carregats, navalles, bon vi, oli d'oliva, segrestaments, trets, pólvora, cavalls, cavalcades i, de tant en tant, algun amor inesperat, seria el seu homenatge al germà Pere, l'únic home que li havia obert lleugerament els ulls, abans que la vida l'obligàs a obrirlos com si fossen rellotges. Quan el nou dia començà a anunciar-se per damunt les muntanyes que tancaven la vall, Eugeni ja estava decidit a quedar-se. Aleshores s'adormí pregonament i tingué uns malsons raríssims.

XX

Ja amb el sol ben alt, un roder jove, segurament un dels molts estudiants que s'unien a les partides de roders per aquell temps, va anar a despertar-lo i li comunicà que el cap del campament volia veure'l. Eugeni buscà aigua, abundosa al campament gràcies a un rierol que el travessava de nord a sud, i es va llavar i pentinar, entre les rialles de les dones que rentaven la roba, poc acostumades a aquells luxes higiènics.

Assegut a la porta de la seua tenda redona, ornada amb els més impensables trofeus, l'esperava l'home més important d'aquelles muntanyes. Era de pell bruna, recremada pel sol, i de curta estatura, cepat i amb una merescuda fama de cruel. Tots el coneixien pel nom de *Ninio la Sierra* i ningú no sabia el seu nom vertader. A Sierra Morena, i a tot Andalusia, el nom del *Ninio* tenia, i té encara, ressonàncies mítiques. Ell era el terror dels caminants i dels cavallers, dels llauradors i dels cacics, de la guàrdia civil i de les dones boniques.

Eugeni li digué que estava decidit a posar-se al seu servei i que, si volien provar-lo, estava disposat a acceptar les misions més perilloses. *El Ninio*, després d'escoltar-lo respectuosament, seguint les seues argumentacions amb parsimoniosos moviments de cap, li digué:

—*Tranquilo, mushasho, que ma cohtao musho convertirme en héroe y ahora tú quiere quitarme la fama en un segundo. Aquí el único que cumple misione peligrosa soy yo. Y tú va a quedarte con nosotro, pero no pa aguarme la fiehta con tu huventú, tu valentía y tóo eso, sinó porque sabe donde ehtá el campamento y no te pué marshá. Y ahora ve con Dió.*

I d'aquella manera tan diplomàtica, el legendari roder donà per ben acabada l'agradable conversa.

Eugeni, condemnat a adaptar-se en aquell nou món, feia grans esforços per viure a gust, però no podia evitar sentir de tant en tant una certa enyorança. Aleshores tractava de sobreposar-s'hi i, quan li passava la depressió, tornava a ser un roder més, tan integrat, que acabà parlant perfectament l'andalús, amb un accent d'allò més meridional. I en justa compensació, alguns romanços apòcrifs asseguren que, per aquell temps, arribaren a plantar-se falles a Sierra Morena.

En pocs mesos, i ja amb el seu cap posat a preu, *el Valensiano*, com anomenaven Eugeni els seus companys, demostrà que tenia grans qualitats. Escrivia les cartes demanant el rescat dels presoners; posava els roders al corrent de les últimes disposicions judicials i de les coses que passaven pel món, ja que era l'únic que sabia llegir. Portava rigorosament els comptes de la partida i assessorava encertadament sobre a qui convenia més segrestar o robar, segons com li anaven les finances. Feia, en resum, les faenes de secretari de la partida, càrrec que semblava creat aposta per a ell. I, d'una altra banda, com a home d'acció que s'havia proposat ser, va aprendre també a utilitzar, amb bon rendiment, les armes de foc i les llarguíssimes navalles d'Albacete, coneixements que no li sobrarien al cap d'alguns anys, quan la vida i les circumstàncies l'obligaren a defensar-se dels seus enemics.

Semblava que havia oblidat definitivament l'amor de Mercé, però el recordava sovint, en la solitud de la seua tenda, encara que les dones del campament feien més suportable l'espera, amb les atencions que li prodigaven. Aquella va ser, vertaderament, la causa principal que l'obligà a intentar una fugida, encara que sabia el gran perill que significava voler fugir d'aquell campament.

Però Eugeni havia sabut guanyar la confiança de tots els membres de la partida i, molt especialment, del *Ninio*, i va saber aprofitar la primera ocasió que se li presentà per posar una prudent distància entre ell i aquells homes perillosos que li havien ensenyat tantes coses. La força de l'amor l'obligava, una vegada més, a canviar de vida.

Un dia, Trinià, una de les dones que servien d'enllaç, no tornà al campament a l'hora prevista. Després de molts esbrinaments descobriren que era presonera d'una altra partida de roders que, des de feia uns dies, vigilava molt estretament el territori del *Ninio*. Amb aquella nova amenaça, la vida al campament començà a fer-se difícil. El vi corria massa de pressa, les llengües no tenien control i l'agressivitat dels roders era patent en cada conversa.

La cosa va anar a més i una nit, per un assumpte de faldes, *el Patillas* i *el Mellao*, dos experts lluitadors, feren refulgir, a la pàl·lida llum de la lluna, els talls de les seues navalles. La sang va córrer aquella nit, sense que un crit ni un lament no alterassen per a res el silenci de la serra. Després de nombroses escomeses, a cada una més ferotge que l'anterior, *el Patillas* i *el Mellao*, panteixant angoixosament, van caure enmig d'un bassal de sang que els brollava de les fondes ferides.

En saber que hi havia dos ferits al campament, Eugeni s'oferí voluntari per anar a buscar un metge a la vila pròxima, malgrat el perill que representaven els roders de l'altre bàndol. I mentre unes dones recollien de terra els dos ferits i llavaven les seues ferides, un cavall al galop abandonà la vall pel pas estret.

Eugeni no tornà mai més al campament i la seua segura mort va ser també atribuïda a la crueltat insolidària i sense límit de la partida que cobdiciava el monopoli d'aquella zona.

La mort del *Valensiano*, que no havia dubtat a arriscar la seua vida per tractar de salvar els dos homes ferits, va ser molt plorada al campament del *Ninio* i algunes cançons populars recorden encara, a Sierra Morena, les gestes i la meravellosa personalitat d'aquell gran roder.

XXI

Llargues llegües cavalcà encara Eugeni aquella nit, allunyant-se del campament i dels roders. Després de la primera jornada de viatge, ja molt més tranquil i convençut que no el perseguien ni els uns ni els altres, reflexionà, com tenia per costum, fins deixar ben clars els seus plans respecte al futur. Pensà en l'amor que professava a la llunyana Mercé i recordà, una vegada més, les enigmàtiques paraules de la gitana. Cregué que prenia una decisió encertada i emprengué el camí que, segons ell, el portaria a l'amor i a la felicitat.

Aquesta vegada, passades ja les perilloses muntanyes andaluses, i amb molta més experiència al seu equipatge, Eugeni va tenir un viatge relativament tranquil. Assaltà vuit o deu pacífics viatgers i, amb el producte d'aquells innocents furts, a més de poder viatjar com un senyor, va estalviar diners suficients per arribar, ben alimentat, ben provist de roba i de doblers, i amb un aspecte immillorable, a la ciutat d'Alacant, que es va oferir com un oasi als seus ulls, després d'un llarg i agitat viatge.

Junt amb ell, arribaren a la ciutat notícies que venien del nord. Importants notícies referides a una nova revolta que estava preparant-se. I ara no es tractava d'una revolta de bojos ni de quatre morts de fam: tot ho explicaven ben clarament els diaris i es notava que, per una vegada, moltes persones s'havien posat d'acord en una sola cosa, oblidant les petites i lògiques diferències. Segons tots els revolucionaris, allò estava fet una merda i calia arreglar-ho. La gent en parlava als carrers, als mercats, al port, a les tavernes, i els qui presumien d'entendre de política deien que aquella revolta podia representar la caiguda definitiva de la reina i de la monarquia.

Eugeni, sense saber a quina carta quedar-se, perquè recordava l'experiència de l'anterior revolució en què participà, va optar per instal·lar-se, provisionalment, en un prestigiós hostal de la ciutat i passà unes setmanes a Alacant, tractant de portar endavant algun bon negoci i de saber, preguntant amb mitges paraules, quin lloc ocupava l'amnistia total dins l'ample programa revolucionari que els avançats de la causa havien començat a difondre. Hauria volgut preguntar també per Mercé i pels seus vells amics els frares, però estava encara massa lluny de la seua comarca i la majoria dels seus coneguts ni tan sols havien sentit parlar d'aquella vall ni, molt menys, de l'honorable família de llauradors.

Per mantenir secreta la seua vertadera personalitat resultà definitiu el seu marcat accent andalús, però, per si de cas, Eugeni es deixà créixer un gran bigoti negre i una llarga cabellera romàntica. Després d'algun temps, havent augmentat considerablement els seus estalvis, quan ja estava ben segur que ningú no el coneixeria, s'abillà degudament i continuà el seu viatge cap a València, sense més notícies de l'esperada revolució. Viatjà també sense dificultats, però com el seu destí estava escrit als planetes amb bona lletra, en arribar a la Vall, ja molt a prop del seu objectiu, el va sorprendre la notícia que, finalment, havia esclatat la revolta.

Allà mateix, darrere la familiar serra de les Agulles, s'aixecaven les volgudes muntanyes que, impassibles, continuaven abrigant la vall i el convent. Eugeni, en un rapte de lucidesa conformista, pensà a tornar-hi i vestir, definitivament, l'hàbit que l'havia fet fugir feia uns anys. Però l'ambient revolucionari que es respirava a qualsevol racó va poder més que la seua tendència a la melangia.

Homes a cavall, armats amb fusells, escopetes, navalles o corbelles, recorrien el pla i la muntanya predicant la veri-

tat revolucionària i reclutant voluntaris entre els homes joves, capaços de deixar-ho tot per anar a defensar la pàtria contra l'opressió dels rics i dels capellans.

A la Vall, a la Safor i a la Ribera, s'havia fet forta la partida de Joaquim *el Pintor*, formada principalment per homes de Sueca, el poble que tingué l'honor de veure nàixer la seua estimada Mercé. I bé fos per aquell motiu estrictament sentimental o perquè les enceses paraules revolucionàries del *Pintor* li arribaren al cor, Eugeni acabà formant part de la partida i, amb *el Pintor* i els seus homes, va ser amo i senyor d'aquelles terres durant unes setmanes.

A poc a poc, demostrant sense pretensions els seus coneixements geogràfics, tàctics i armamentístics, Eugeni anà guanyant-se la confiança de tots i, en poc de temps, arribà a ocupar un càrrec important dins la partida. Era, de fet, lloctinent del *Pintor*. El seu cap, als pocs dies d'actuació, va ser novament posat a preu i la seua fama començà a estendre's per la rodalia.

Aquesta vegada, la revolució avançà i la reina, com estava previst, acabà abandonant-ho tot i fugint a França. Fou proclamada la república, com tots volien, i les coses, en línies generals, no sols no començaren a funcionar millor, sinó que empitjoraven cada dia. Per això, els homes del *Pintor* volgueren continuar la seua revolució particular, fins deixar ben clar com volien les coses.

Foren unes setmanes precioses. Dormien al ras o als millors llits, cavalcaven sense traves per tots els camins i, quan seien a taula, els millors plats eren per a ells. Arribaren a creure que estaven fent una revolució important, molt diferent de la que unes altres persones fabricaven als llunyans laboratoris legals de Madrid. Fins els més pessimistes, o aquells que anaven amb la partida amb la clara idea de traure un benefici personal, acabaren omplint-se el cap i les venes d'aquelles idees revolucionàries i quan cavalcaven amunt i avall per la Ribera, l'Horta o la Safor, pensaven que a cada pas dels seus cavalls, un trosset més de terra començava a ser lliure.

Però estant a Alzira, els arribà la notícia que un batalló havia eixit de Xàtiva i s'aproximava a la ciutat, segurament per tractar de desfer la partida. Hi hagué moltes discussions entre els revolucionaris i, finalment, seguint el bon criteri del *Pintor* i d'Eugeni, per tal d'evitar un enfrontament que posaria en perill les vides de molts innocents, els homes de la partida s'amagaren a les cases on estaven hostatjats, amb la consigna de no fer cap moviment si no ho ordenava expressament *el Pintor*.

Al cap de ben poques hores, els soldats començaren a travessar el poble enmig d'un silenci que, lluny de tranquil·litzar-los, els semblava francament sospitós. Semblava que anaven a passar de llarg i les coses estaven marxant molt bé, fins que, d'alguna finestra, que mai no ha pogut ser identificada, botà una espurna i un tinent va caure a terra, fulminat. A partir d'aquell moment va ser tot com un llamp.

XXII

Els homes de la partida havien estat molts dies inactius, i les discussions d'última hora, les diverses opinions que es barallaven, la possibilitat que allò fos una traïció i que l'exèrcit els hagués preparat una trampa, havia alterat considerablement els nervis de tots. Els més joves, encegats en veure l'aparent desconcert dels soldats, començaren a disparar sense esperar cap ordre. El regiment, rapidíssim, a toc de corneta començà a preparar-se per a la defensa.

Enmig dels crits de les dones i dels plors dels xiquets, dels renills dels cavalls, dels trets que es multiplicaven, de la veu imperiosa de la corneta que ho dominava tot, els republicans començaren a comprendre, massa tard, que no tenien res a fer, amb les seues velles armes i la seua indisciplina, contra els fusells i la disciplina dels soldats que, després de la primera sorpresa, havien reaccionat amb la fúria d'una fera acorralada.

Al cap de ben poques hores d'aldarull, ja amb la derrota ben afermada, cada home va fugir per on va poder i allò fou una terrible i boja desbandada: els uns tractaven d'obrir-se pas cap al camp lliure i queien abatuts per les bales dels soldats; uns altres, més pragmàtics, s'havien amagat dins els pallers, però les afilades baionetes dels soldats els punxaren tots, un per un, i aconseguiren una nombrosa collita de presoners; alguns s'amagaven a l'estable, amb els animals, i molts homes arribaren a enfonsar-se dins les comunes, tractant de salvar-se al preu que fos. Però, finalment, a poc a poc, quasi tots els homes de la partida foren capturats i portats a presència de les autoritats militars, les quals disposaren d'ells fins l'hora del judici i la inexcusable condemna.

A la casa on s'havien refugiat Eugeni i alguns dels seus homes de més confiança, hi havia calma. A l'ample corral, els cavalls dels revoltosos renillaven esglaiats, espantant-se a cada tret, però els amos de la casa foren molt discrets en les seues explicacions i la seua conducta, i, gràcies a aquelles persones, els soldats passaren de llarg. Un xic jove que feia guàrdia des d'una finestra, veié com *el Roig*, que fins aleshores havia estat fidel depositari dels diners de la partida, fugia d'Alzira esperonant ferotgement el seu cavall. El vigilant, que no s'ho podia acabar de creure, baixà ràpidament i avisà Eugeni de la traïció.

Les discussions sobre la família del *Roig* no aclariren res, però, almenys, aquell va ser el senyal que tots esperaven per fer alguna cosa. En aquella situació tan desesperada, els nervis i la inactivitat els haurien tornat bojos.

Sense pensar-s'ho més, els homes ensellaren els cavalls, prepararen les poques armes que tenien i eixiren al galop en persecució del *Roig*, disposats a trencar el possible setge dels soldats i sense mirar què deixaven enrera. Tingueren molta sort i passaren molt fàcilment per entre les files enemigues, massa confiades, però *el Roig* semblava haver desaparegut de la faç de la terra. Ningú no va saber d'ell mai més.

Després de la cavalcada, Eugeni i els altres vuit homes que havien fugit amb ell s'havien quedat sols enmig la plana, sense saber què fer ni on anar, sense diners, ja que els havien deixats en depòsit per la causa, amb poques armes, la majoria de les quals eren inservibles, derrotats i amb la moral per terra. Des d'on es trobaven podien veure com, per la part d'Alzira, negres columnes de fum pujaven cap al cel. Eren els pallers que estaven cremant els soldats per fer eixir els qui s'hi havien amagat.

Per a tots estava ben clar que a Alzira s'havia acabat l'aventura revolucionària i, efectivament, setmanes després, ja del tot immersos en la nova vida que triaren, saberen que *el Pintor* havia estat greument ferit pels soldats i havia mort a l'hospital de Sueca, malgrat la bona disposició de les autoritats, que havien fet el possible per salvar-lo i tractar de convertir-lo en un heroi que donàs bona cosa de vots.

Ara, en opinió d'Eugeni i de tots els altres, calia fugir abans que res. Fugir per no anar a la presó o a la forca. I després calia organitzar-se novament, si era possible, i continuar lluitant per la revolució, amb els seus propis mitjans, amb les armes que tinguessen a mà, amb il·lusió. L'altra alternativa, pràcticament suïcida, era lliurar-se a les autoritats. Però com que no tenien cap advocat a mà i ningú d'ells no sabia quina pena podia caure'ls, decidiren anar a un lloc segur i esperar que passàs el temps.

No estaven lluny de la Barraca, el primer poble que havia conegut Eugeni el dia que havia eixit a buscar la llibertat sense saber què trobaria. I, al cap de tant de temps, ell recordava encara aquella cova secreta on s'havia amagat el dia de les pedrades. La cova on, després, ell i Antoniet havien jugat tantes vegades. Ho va contar de seguida als seus homes i els va dir que, en principi, i mentre no trobassen una altra cosa millor, podien anar a amagar-se en aquella cova. Tots acceptaren de grat, confiant en la capacitat d'organització d'Eugeni i pensant que ell tindria un gran interés a salvar, per damunt de tot, la pròpia pell.

Aquella mateixa nit, des de la seguretat de la cova, Eugeni va poder veure uns dèbils punts de llum enmig de la vall. Els frares, segurament, sopaven a aquella hora. Ell tenia l'estómac tan buit com aquella llunyana nit de pluja i es preguntà quins amics hi quedarien vius i si, per desgràcia, encara manaria el mateix prior que provocà la seua fugida.

Però, per a sorpresa d'Eugeni, l'endemà de matí, amb més calma, pogueren veure que el monestir estava enrunat, com si haguessen passat molts anys des que ell se'n va anar.

I descobriren també que els llums que havien vist la nit passada eren només les torxes d'una patrulla de soldats que, segurament, els havia seguit fins la vall i, a primeres hores del matí, seguia encara buscant-los.

Aquell dia passaren fam perquè els soldats s'havien desplegat per tota la vall, segurs que als rebels no se'ls havia engolit la terra. No els van trobar, però tampoc no els deixaren abandonar la cova ni els donaren la menor possibilitat de moure's. Per fi, en començar a amagar-se el sol, veren com els soldats abandonaven la vall, pensant, segurament, que alguna altra patrulla hauria tingut més sort.

Des d'aquell moment, Eugeni i els altres vuit homes començaren a organitzar-se i la reunió que celebraren aquella nit, amb les panxes buides i els cervells en plena efervescència, fou l'acta de naixement de la famosa partida del *Frare*.

XXIII

Passaren uns dies que semblaven inacabables: els homes i els cavalls amagats a la cova, sense cap possibilitat de moviment per l'exterior. Afortunadament, dins la cova hi havia prou de lloc i, des del principi, havien instal·lat els cavalls al fons, allà on la cova formava una ampla cambra de sostre molt alt, a la qual s'accedia per una petita obertura per la qual els havia resultat difícil fer passar els animals. Però allà estaven segurs i els renills llastimosos dels cavalls, queixant-se de fam i de set, no podien alterar el silenci ni alertar els escassíssims caminants que passaven, una vegada a les mil, pels voltants de la cova.

Panxa Ampla, un gros llaurador d'Albalat de la Ribera, i el seu nebot Josep s'havien encarregat de proporcionar alguns aliments, els imprescindibles, als homes i als animals. Havien marxat de nit, a peu, fins a les primeres cases de la Barraca i havien pogut furtar algunes gallines, dacsa i alguns ous. Una altra nit, arriscant-se encara més, aconseguiren forçar la porta d'un rebost i, a més d'algunes coses menys imprescindibles, van emportar-se pa i vi per a un parell de dies. Eugeni, que ja havia començat a pensar en tot, havia redactat unes cartes presentant-se als llauradors, als qui volia considerar els seus amics, i assegurant-los que ara, per desgràcia, no estava en condicions de pagar res, però que, més endavant, el seu ajut seria degudament recompensat. Amb aquelles cartes, que foren molt ben acollides en general, començà a forjar-se la llegenda del *Frare*, l'últim gran roder declarat de la Ribera.

Una nit, els cavalls, que havien pogut mastegar una

miqueta d'herba al cap de tants dies, estaven particularment inquiets. Anaren a mirar què passava i veren lluir els ulls d'una rabosa que els mirava, ensenyant-los ferotgement els claus, des d'un racó fosc de la cova. No passà res més. A la llum de les torxes, la rabosa va córrer espaordida, travessà l'ampla cambra en una vertiginosa cursa i va desaparéixer per un forat que hi havia al més recòndit racó de la cova. Els homes comentaren divertits el fet, sense donar-li massa importància, però Eugeni pensà molt aquella nit i, l'endemà de matí, quan foren repartides les faenes del dia, demanà a Nelo i a Toni que l'acompanyassen, i els tres, armats amb pals i branques, ja que no tenien ni pics ni pales, ni cap altra ferramenta, començaren a furgar el forat per on havia eixit la rabosa. Furgaven i furgaven incansablement, però la faena no avançava i la terra semblava no acabar-se mai. *Panxa Ampla* i el seu nebot no tardaren a proveir-los de pics, cabassos i pales i, aleshores, la faena va avançar molt més de pressa.

Tardaren tres dies a traure tota la terra del forat, però s'ho valia. Davant d'ells s'obria ara, majestuosa i tranquil·la, una gruta molt més gran que no l'altra. Un vent fresc espavilava les cares dels admirats homes. De la volta, altíssima, penjaven com núvols de pedra les estalactites, des de les quals, centenars, milers de gotes d'aigua claríssima, queien musicalment sobre la cristal·lina superfície d'un gran llac, trencant i remarcant, al mateix temps, amb la seua natural harmonia, l'impressionant silenci de l'estança. Allà baix, al fons de la superba caverna, a l'altra part del llac, un puntet de llum rogenca confirmava plenament les suposicions d'Eugeni: la cova tenia una altra eixida. I aquell magnífic llac era, segurament, el que donava l'aigua a l'antiga font del convent, de la qual havia begut Eugeni tantes vegades quan, acalorat, tornava de jugar per la vall.

Ara, gràcies a l'instint dels cavalls i la curiositat de la rabosa, tenien ja l'amagatall perfecte. Amb dues entrades, per despistar el més pintat i, sobretot, amb aigua abundant. A poc a poc, anaren condicionant entre tots la grandíssima cova i, en pocs dies, els tres compartiments s'havien convertit en una petita ciutat subterrània que, a poc a poc també, amb l'esforç i la solidaritat de tots els homes, esdevenia cada dia més confortable.

Amb aquelles faenes començava a estar enllestida la primera part de tota la tasca clandestina, però quedaven encara moltes coses a fer. Ningú no era capaç d'imaginar uns roders sense armes ni municions. Calia, per tant, traure-les d'allà on fos i, en aquell cas com en tants altres, la bona memòria d'Eugeni, exercitada per l'aprenentatge de les declinacions llatines, va resultar fonamental per resoldre el problema.

No sabien les causes de l'enderrocament del convent, però el cas era que l'edifici estava absolutament desfet, com si un terratrèmol o una poderosíssima mà n'hagués somogut els fonaments. L'antiga porta, abans tan ferma, jeia ara enmig del pati, soterrada per una espesa capa de corretjola. Els murs també havien anat deixant-se véncer per la vegetació, i diferents classes d'herbes cobrien tota la superfície de l'antic convent. Ací i allà, alguns rotgles negres recordaven les fogueres que, segurament, haurien convertit en cendra els mobles, les imatges i els llibres. Havia estat una destrossa cruel i sistemàtica.

Però, sota un munt d'enderrocs, la porta que donava entrada al secret soterrani que hi havia als peus de l'altar, estava encara intacta. Els vells carlins havien sabut guardar ben bé les seues armes: estaven encara engreixades i tots els seus ressorts funcionaven perfectament. Les bales, que estaven guardades dins unes capsetes hermètiques, pintades amb quitrà, es conservaven també en perfecte estat. Els homes de la partida s'alegraren moltíssim, però Eugeni, encara que també estava content, tenia una ombra de tristor dibuixada a la cara. El vell convent enderrocat era una imatge massa crua de la pròpia destrucció i li recordava la fe i la tranquil·litat perdudes. I, d'una altra banda, el fet d'haver recollit aquelles armes i municions d'un lloc que abans havia estat sagrat, el desassossegava incomprensiblement i feia pensar en les estranyes profecies de la gitana.

Hi havia tant de material, que decidiren deixar moltes caixes sense obrir, guardades a la part més seca de la cova, la qual utilitzaven també com a magatzem. A partir d'aquell dia, com que ja tenien importants coses per guardar, establiren un torn de guàrdia i estudiaren quines operacions els resultarien més profitoses per iniciar la seua llegenda.

Josep, el nebot de *Panxa Ampla*, era un xicot espavilat, amb molt bon ull, una paraula fàcil i molt bona presència. Eugeni no dubtà a oferir-li el càrrec d'espia de la partida. La seua missió consistiria a viatjar pels pobles de les rodalies adoptant diverses personalitats, per tal d'assabentar-se de quines empreses podrien escometre amb més garantia d'èxit.

Des que tenien les armes havien fet algunes eixides ràpides, destinades, sobretot, a proveir-se de queviures, ferramentes, roba i altres eines imprescindibles, però encara no havien passat a l'acció forta, la que els havia de donar fama per totes les comarques dels voltants.

XXIV

Un dia, Josep tornà a la cova emocionat. Feia a penes un mes que les autoritats havien inaugurat, amb molts actes solemnes, un tren de via estreta que unia les ciutats de Dénia i Carcaixent, que passava per alguns pobles de la Marina, la Safor i la Ribera. L'astut espia de la partida havia descobert un lloc magnífic que semblava fet aposta per esperar l'arribada del tren sense ser vistos. Aquell trenet, segons les informacions de Josep, anava quasi sempre ple de llauradors rics, amb les butxaques ben plenes de diners. I, a més, els viatgers solien portar sacs d'arròs o de blat, marraixes d'oli, bótes de vi, gallines, ànecs, ovelles i, fins i tot alguna vaca, en un vagó que feia d'estable.

Eugeni es mostrà ben decidit a intentar l'operació, sobretot perquè, si aquell colp eixia bé, podrien pagar els seus deutes amb els habitants de la Barraca i començar a tenir bones relacions amb els seus veïns, els quals, sens dubte, els resultarien molt necessaris en un cas d'emergència.

El dia de l'assalt al tren, Nelo es quedà de guàrdia i Josep, que volia acompanyar-los, hagué de quedar-se també, perquè Eugeni li va dir que la missió d'un espia consistia, sobretot, a no deixar-se veure mai, obertament, per la hipotètica víctima. Els altres set homes eixiren a cavall, per primera vegada, utilitzant l'eixida que mirava a ponent, la que havien obert gràcies a la rabosa.

Quan el conductor del trenet va veure enmig de la via unes grans soques que li impedien el pas, tingué el temps just de frenar i la petita màquina verda, xerricant, s'aturà a un pam de l'obstacle. De seguida aparegueren uns homes

a cavall, armats amb bons fusells i amb la cara tapada. Un d'aquells homes, molt gros, es quedà vigilant el maquinista. Els altres sis pujaren al tren, tres per davant i tres per darrere, i als pocs minuts baixaven carregadíssims.

Va ser tot vist i no vist, i quan els sorpresos llauradors, preguntant-se encara què havia passat, volgueren reaccionar, els de la cara tapada estaven ja lluny i s'havien emportat els seus diners, les seues joies i una bona part de les seues collites. Quan, al cap de dues setmanes, assaltaren el tren per segona vegada, els roders anaven millor provistos i pogueren carregar de sacs els cavalls dels qui s'havien quedat a la cova. El maquinista, que era un home d'edat, va demanar la jubilació, i com alguns viatgers ja havien estat robats la primera vegada, la seua indignació arribà de seguida al capità de la guàrdia civil d'Alzira en forma de diverses missives i plecs de denúncia.

Amb el producte dels dos assalts al trenet, els roders tingueren per passar una bona temporada. La part més ampla de la cova, on estava el llac soterrani, s'havia convertit en un fosc corral on, junt als cavalls, anaven i venien gallines, pollastres, ànecs, oques, cabres, ovelles i, fins i tot dues vaques que havien aparegut un dia de la mà de Vicent. Els animals donaven molta faena, però també donaven el seu producte i el rebost estava igualment ple de gom a gom: hi havia olives, vi, blat, arròs, taronges, creïlles, oli, sucre, sal i un fum de coses increïbles que, segurament, no utilitzarien mai. El *so* Qualo, de Guadassuar, que feia de cuiner, estava ben satisfet. Ja feia dies que els preparava bons plats d'arròs i era enormement feliç, quasi com una mare, quans els seus xicots menjaven de bona gana.

Però encara estava més content Nelo, que havia estat comptable en la vida civil, ja que, gràcies a aquells dos colps i a les poques pessetes accesòries aconseguides amb altres accions secundàries, la situació econòmica de la partida era magnífica.

Josep i Eugeni, en persona, baixaren un dia a la Barraca i parlaren amb el capellà que s'encarregava del manteniment de la petita església on els llauradors veneraven Sant Roc. Després d'un primer i cautelós intercanvi d'impressions, quan estaven segurs de la fidelitat d'aquell home, el qual va comprendre de seguida que els roders estaven de part dels humils, li donaren diners més que suficients per pagar totes les coses que els roders havien furtat als llauradors de la Barraca i li recordaren que allò ja no passaria més, perquè només ho havien fet per començar a funcionar.

Des d'aquell dia, els roders menjaren pa de farina en cada menjada i l'encarregat de subministrar la petita botiga de la Barraca s'admirà en veure com augmentava la demanda de vi, de sal, d'arròs i de moltes altres coses imprescindibles. Amb mossén Navarro, els roders trobaren un company més i els contactes de la partida amb el món exterior foren molt més ferms. D'aquella forma, no sols augmentà el benestar material dels roders, sinó que, a més, des d'una habitació de la Barraca, cada nit pujava una pregària al cel per la salvació, dubtosíssima, de les seues ànimes.

Després dels assalts al tren, abandonaren una miqueta les relacions amb la comarca i començaren a preparar-se per a l'hivern. Josep, de totes formes, continuava eixint cada dia per recollir informació i, a poc a poc, l'arxiu secret de la partida anà augmentant. El principal client en potència era, sens dubte, el conegut Josep Maria Corb i Arreplega, vell cacic comarcal amb casa i propietats a Simat de Valldigna, Sueca, València i Madrid, el qual tenia a les seues mans les vides de molts llauradors, ja que les seues terres s'estenien, de nord a sud i de llevant a ponent, molt més enllà d'on podien arribar els ulls dels seus pobres esclaus.

Un dia, mentre Toni, Joan i Lluís acabaven d'enllestir les lliteres i els altres deixaven ben llustrós el sòl de fusta amb què havien protegit un ample racó de la cova, Josep arribà amb una bona notícia. Cinc homes perseguits per la justícia, per accions revolucionàries, s'havien posat secretament d'acord amb mossén Navarro i es mostraven molt interessats a formar part de la partida. S'adoptaren serioses mesures de seguretat i rigorosos controls, però com que les investigacions no insinuaven la més lleugera traïció, abans de Nadal el nombre dels roders s'havia duplicat. I, encara que tots treballaven, la situació financera anava empitjorant cada dia i s'imposava una nova i dràstica campanya d'actuacions.

Per Nadal, com per Sant Joan, era costum que els senyorets, habitualment residents a València o a Madrid, baixassen als seus predis rurals, disposats a rebre les ofrenes dels seus esclaus. Aquell ritu feudal es coneixia amb el nom de la mitja anyada i constituïa una prova més de la flagrant explotació a què els senyorets sotmetien els pobres llauradors. Eugeni i els homes de la seua partida no podien veure amb bons ulls aquella maniobra i es prepararen per actuar.

XXV

Primer, discutiren meticulosament un pla d'actuació i, quan decidiren passar a l'acció, només s'hi trobaren amb uns lleugeríssims intents de resistència per part dels llogats que servien fidelment els cacics, especialment en el cas del senyor Corb. Però, malgrat aquelles resistències, els roders deixaren amb la boca oberta els senyorets i els seus vasalls, i tornaren a la cova carregats amb la mitja anyada de tota la comarca i amb una gran quantitat de presents que els llauradors havien preparat per obsequiar els seus amos. I, encara, mentre el gros de la partida feia aquella faena, uns altres homes es deixaren caure pels ajuntaments de Simat, Benifairó i la Vall, i adaptaren al pressupost de la partida, els diners de les contribucions ordinàries que els sofrits ciutadans havien acabat de pagar, de mala gana, per aquells dies.

Aquella nit, mentre els roders celebraven amb vi i alegria el considerable augment del seu capital social, els planys, els clams i les cartes de protesta volaren, no ja cap a Alzira, sinó també cap a València i, fins i tot, cap a Madrid. Els senyorets estaven massa acostumats al propi despotisme com per a permetre una vexació d'aquella magnitud. Aquells planys, aquelles llastimoses cartes i els molts articles de periòdic que originaren anaren consolidant la fama del *Frare* i de la seua partida.

Hi havia qui creia que els roders no existien i que els vertaders assaltants eren només els fantasmes dels frares, retornats del més enllà per revenjar-se dels llauradors i, sobretot, dels llauradors rics, els quals havien permés la destrucció del seu convent. I Eugeni aprofitava aquells comentaris per operar amb més seguretat, perquè, de nit, obligava els seus homes a actuar coberts amb uns sacs que, de lluny, tenien tota l'aparença d'un hàbit, mentre Joan, un jove de Cullera, era l'encarregat de fer créixer aquella superstició, cantant belles melodies amb la seua ben timbrada veu, que el ressò de la cova ampliava fins donar-li tonalitats d'ultratomba. Els rars caminants que alguna vegada havien passat per les proximitats de la cova no dubtaven a afirmar, als carrers, a les botigues o a les tavernes, que havien sentit, molt a prop del convent, una veu ultraterrenal, fantasmagòrica i terrible.

Als humils, tanmateix, els feia més gràcia creure que *el Frare* existia en carn i ossos i que era una continuació d'aquells roders llegendaris, com *el Gat* o *el Farinós*, els quals, anys enrera, havien pres les armes per posar ordre i impartir justícia. I als més rics, com el senyor Corb i els seus companys de tertúlia, no els agradava cap de les dues hipòtesis i exigien de la justícia religiosa, de la militar i de la civil, un escarment exemplar.

Ben mirat, la fama resultava profitosa per a la partida, perquè cada dia trobaven més i més col·laboradors a tots els pobles de la comarca, però era també perillosa perquè a poc a poc tots anaven començant a protegir millor els seus béns i a viatjar amb més prudència. La partida, per tant, tenia diversos problemes, començaven a manifestar-se les diferents tendències i hi havia discussions. Però, afortunadament, abans que les coses arribassen a un punt de complicació irreparable, un colp definitiu acabà de consolidar el prestigi dels roders i afermà la unió entre els homes de la partida.

Després de robar les mitges anyades i les contribucions, i de repartir-ne el cinquanta per cent entre els llauradors que les havien pagades de mala gana, amb la secreta complicitat de mossén Navarro, Eugeni, Josep i *Panxa Ampla*, planejaren un colp que seria el més arriscat de la història de la partida, però també un dels més divertits i incruents.

Eren els últims dies d'un mes de gener inusualment assolellat. Un bon grup de carros marxava pel camí de pols de la Barraca cap a Simat. En arribar a l'entrada de *L'Ordi*, la magnífica finca del senyor Corb, el qual es trobava a Madrid per a aquells dies, els carros passaren sota l'ampla arcada de pedra i es dirigiren, travessant l'acurat hort, cap a la casa pairal, grandiosa construcció de principi del segle XVIII, situada enmig de l'ampla extensió de tarongers.

Un home jove i molt ben vestit, que arribà en cabriolé, anticipant-se als carros, per no omplir-se de pols, impressionà molt favorablement el procurador del senyor Corb amb els seus gestos refinats, molt escaients al caràcter aristocràtic i delicat de la gent de capital. Joan, el de Cullera, magníficament vestit, digué que venia a recollir la taronja que hi havia comprat feia uns dies al senyor Corb amb el qual s'havia entrevistat en un important hotel de Madrid, com demostraven uns papers que mostrà al procurador. El pobre home no podia ni qüestionar la paraula d'una persona d'aquella categoria i ell, i, sobretot, la seua muller, van estar molt contents amb la presència d'aquell home extraordinari a la seua pobra casa de llauradors.

Mentre el matrimoni de llogats oferia a Joan la millor habitació de la casa i l'obsequiaven amb els millors productes de la terra, els carros, carregats de gom a gom amb la preciosa fruita, entraven i eixien contínuament per l'arcada de pedra centenària. I així continuaren durant més d'una setmana, fins deixar ben pelats els magnífics i nombrosos tarongers del senyor Corb.

Aquell any, la collita havia estat extraordinària i el procurador de *L'Ordi* es mostrava satisfet quan va eixir a acomiadar l'esvelt cavaller comprador. Estava ben clar que les gestions madrilenyes del seu senyoret, que era un cuc i tenia una magnífica vista per al negoci, havien donat molts bons resultats.

Per desgràcia, quan, al cap d'uns dies, el senyor Corb tornà de Madrid fet una fera, explicant que no havia trobat comprador per a les seues taronges, l'alegria del pobre Jaume, el procurador, esdevingué pesar, ràbia i verinosa irritació. En veure els seus tarongers pelats, el senyor Corb va estar a punt de sofrir un atac al cor i no mirà els anys que el pobre Jaume havia estat servint-lo, sinó que l'envià al carrer sense contemplacions, carregat amb els mobles i la família, i li assegurà que anava a denunciar-lo per negligència, per imprudència i, segurament, també per probable complicitat amb els lladres.

Jaume plorà amargament durant uns dies, però calia traure endavant la família i, encara que la dona trobà faena de criada i guanyava alguns, pocs diners, allò no era suficient per tirar endavant, de manera que a Jaume no li quedà un altre remei que fer les gestions oportunes, mitjançant mossén Navarro, i demanar l'ingrés a la partida, després de jurar odi etern al seu antic amo.

Després d'un consell del grup dirigent de la partida, Jaume va ser acceptat, malgrat la dificultat que representaven la seua dona i els seus fills, perquè tots estaven segurs del seu odi contra el senyor Corb i perquè sabia moltes coses que podrien resultar ben útils.

A tot açò, la taronja, naturalment, va estar ben aviat viatjant a l'estranger, en carro, en tren i en vaixell, després de proporcionar uns bons guanys. Mossén Navarro, en aquella ocasió, demostrà que entre totes les altres virtuts que l'ornaven, hi destacava poderosament una gran preparació mercantil.

XXVI

L'opinió generalitzada era que les coses no podien anar millor, però hi havia un detall que començava a preocupar seriosament alguns homes de la partida. S'adonaren quan el pobre Jaume arribà a la cova, acompanyat de la dona i els fills. La presència d'aquella senyora, que no era cap meravella física ni intel·lectual, alterà els ànims dels més joves. Eugeni, Josep i *Panxa Ampla* van comprendre que aquella situació no podria durar molt de temps i, després d'estudiar molt una estratègia i una altra, decidiren baixar a la vall, secretament, per aconseguir l'entrada d'algunes dones a la partida.

Tornaren molt contents. Havien trobat una finca magnífica, *L'aigua blava*, no massa lluny de l'estació del trenet. Un detallat anàlisi de la roba que es balancejava als fils d'estendre, els va permetre arribar a la conclusió que a la casa hi havia dones.

L'aigua blava, segons saberen després, era una casa ben particular, propietat d'una certa dama anomenada Consol Provencebleue, aristocràtica senyoreta d'origen francés, la qual havia guanyat una immensa fortuna dedicant-se a l'exportació d'unes famosíssimes taronges de la classe reineta, tendres i molt dolces. Segons contaren les criades, la senyoreta era encara més rica des de feia uns anys gràcies a l'esperada herència d'un oncle seu que havia estat general.

Donya Consol, segons era fama, sofria d'incurables malalties perquè s'havia exposat, un mal dia, al cruel vent de tramuntana i, per això, de tant en tant, angoixada per la tensió de la gran ciutat, fugia de la civilització i anava a passar uns dies a la seua magnífica casa de camp. I, com que era una dona tan delicada, i podia permetre's el caprici, tenia sempre tres criades disposades a rebre-la a qualsevol hora, les quals vivien tot l'any a *L'aigua blava*, soles amb un home molt vell, encarregat del jardí i dels llogats que, de tant en tant, hi anaven per treballar l'hort.

De manera que, tenint en compte la situació de les dues parts, després de les explicacions pertinents, el primer encontre va ser meravellós i afermà unes sòlides relacions, basades en el més absolut desinterés i en les necessitats més espirituals de les persones humanes.

Aquella providencial amistat vingué a canviar de manera radical molts aspectes de la vida dels roders. Els qui més sovintejaven les visites a *L'aigua blava* eren Josep, Toni i Vicent, que havien intimat amb les criades, però, per una d'aquelles casualitats inexplicables de la vida, va ser el mateix Eugeni, que mai més no havia tornat a visitar la casa, el qui més satisfaccions va traure d'aquelles relacions.

Començava a albirar-se la primavera, i els enamorats, ferits per les sagetes incandescents de l'amor, sovintejaven les seues visites a les nimfes de *L'aigua blava*. Tot semblava marxar molt bé, però una nit, les tres criades, molt tristes, van dir a Josep que aquella amistat s'havia d'acabar, almenys per una llarga temporada, i no per voluntat pròpia, sinó perquè ho imposaven les circumstàncies.

Resultava que la vella *donya* Consol, ferida anacrònicament per les sagetes de l'amor, anava a casar-se amb un xic jove i espavilat que havia sabut guanyar el cor de la pansida aristòcrata a base de bones paraules i alguna carícia clandestina. I, en casar-se, *donya* Consol i el seu jove marit anaven a passar una llarga temporada a *L'aigua blava*, on la senyora volia gaudir, durant el poc de temps que li quedava, de la plaent vida de matrimoni.

I aquell viatge havia de donar-los molta faena a les tres criades, perquè *donya* Consol, segons tenia per costum, arribaria amb tres o quatre carros carregats, a més de la seua roba variadíssima, amb les seues joies, les seues accions molt ben cotitzades, els seus valors i la major part dels seus diners en efectiu, ja que no els tenia tots al banc perquè no es fiava d'aquelles respectables institucions. *Donya* Consol era tan avara i tan maniàtica que volia sentir sempre a prop seu la presència i la flaire, un tant rància, de la seua immensa fortuna.

La notícia, després de tot, no era tan dolenta com els enamorats havien imaginat per les paraules de les criades. Aquella separació no significava un trencament definitiu, perquè en anar-se'n els novençans tot seguiria com abans. I, d'una altra banda, aquella era la gran oportunitat que els roders havien estat esperant per a fer-se definitivament rics sense arriscar-se massa. De manera que, durant unes setmanes, mentre les criades preparaven la benvinguda a la seua maniàtica senyora, els roders estudiaven minuciosament l'assalt al comboi de *Donya* Consol, la qual, com tenia per costum, no havia tingut el detall d'avisar el dia exacte de la seua arribada.

Havien posat un guaita al cim més alt de les muntanyes i, després d'alguns dies de vigilància, un dilluns de matí, cap a les onze, Joan, que feia la guàrdia, baixà a avisar que el comboi havia acabat d'entrar a la vall per la carretera d'Alzira i que el composaven quatre grans carros de vela i una berlina.

No portaven cap escorta visible i l'únic perill eren els homes que conduïen els carros i els que, possiblement, devien viatjar dins la berlina. Eugeni pensava que, per més capriciosa que fos la senyoreta, el seu nou marit no hauria volgut arriscar-se a perdre una fortuna i hauria adoptat serioses mesures de vigilància. No calia ser un geni per imaginar que l'espavilat novençà no veuria amb bons ulls com se li escapaven uns diners tan còmodament guanyats.

En el moment just, al punt més escaient del camí, els roders, en un tres i no res, amb la cara tapada, saltaren al camí i rodejaren els carros sense trobar cap resistència. En arribar davant la berlina, Eugeni cridà, ordenant als seus ocupants que baixassen amb les mans en alt i sense fer heroïcitats. La pobra *Donya* Consol, blanca com un paper de fumar, baixà de seguida, emocionada. Aleshores, Eugeni, en veure que no eixia ningú més, disparà un tret que s'emportà bona part del sostre de la berlina. De seguida, entre un núvol de fum, baixà el novençà, protestant i cridant, com si l'assalt fos només un cas d'indisciplina d'alguns criats.

Eugeni, encara amb la cara tapada, no va poder amagar un crit de sorpresa, assenyalant amb el dit el novençà, que seguia protestant a la manera francesa. Li ordenà enèrgicament que callàs d'una vegada, amb la veu trencada per l'emoció, i fet el silenci, Eugeni es llevà el mocador que li cobria el rostre, davant la sorpresa dels seus homes, que així, de sobte, pensaren que el sol de migdia li havia evaporat part del cervell.

XXVII

Amb un moviment rapidíssim, després d'uns segons de reflexió, el novençà es llençà al coll d'Eugeni com una fera sobre la seua víctima. Eugeni malgrat tot, va tenir temps de baixar apressadament del cavall, obrint els braços en senyal d'alegria. L'alegria de Ximo, que tornava a trobar el seu company de viatges després de tants anys de separació, va ser també inenarrable.

Aquella nit, tots soparen opíparament a *L'aigua blava*, després de tant temps de no saber què era una cadira ni una taula amb estovalles de fil. El retrobament de Ximo i Eugeni va ser motiu d'una festa de les que no s'obliden. Els bandolers s'emborratxaren sanament i es divertiren com no ho feien des de molts anys enrera, mentre Ximo i Eugeni xarraven i xarraven, també sota els influxos del bon vi, contant les coses que els havien passat mentre havien estat separats i explicant com havien arribat al punt on es trobaven, amb moltes excuses i justificacions, quasi penedits d'haver viscut, malgrat tot, com si la vida fos un greu pecat.

Només la pobra *donya* Consol, malalta encara a causa de les emocions de les darreres hores, no va poder participar de l'alegria general i passà la vetlada a la seua habitació, entre bafs d'herbes aromàtiques, tisanes i tassetes de brou.

L'endemà passaren tot el dia dormint la borratxera, encara que, de tant en tant, s'havien d'alçar per anar a fer la guàrdia, ja que Eugeni no havia transigit en la qüestió de la seguretat i havia obligat a continuar els torns establerts a la cova, assegurant que castigaria implacablement tots aquells que trobàs borratxos mentre vigilaven. Els homes per tant, bevien en haver abandonat el seu lloc, degudament rellevats per algun company.

Quan es van despertar, Ximo va insistir que els roders havien d'anar a viure a *L'aigua blava* on hi havia lloc per a tots i on podrien gaudir de totes les comoditats del món civilitzat, sense haver d'abandonar les seues activitats. Era, evidentment, un canvi perillós, però Ximo va insistir tant i tant que, finalment, els roders abandonaren la cova on havien viscut durant tant de temps i en deixaren ben dissimulades les dues entrades sense tocar per a res les armes ni les municions, les quals tenien encara guardades a un racó de la cova, perfectament camuflat i protegit.

En poques setmanes habilitaren la casa, la dotaren de certes condicions de seguretat i en convertiren els pallers en un gran dormitori on s'instal·laren la major part dels homes. Eugeni tingué una habitació privada, de les millors de la casa, i els amics de les criades també aconseguiren una certa intimitat.

Passats uns primers dies de novetat, la vida començà a normalitzar-se i les disbauxes com la del primer dia començaren a ser molt freqüents. La fama de la casa anà estenent-se i els més variats personatges del vici i la depravació es deixaven caure per allà de tant en tant i pagaven les festes de la seua pròpia butxaca. Arribà un cert moment en què, encara que a l'entrada de la casa seguia escrit, amb preciosos taulellets de colors pàl·lids, l'antic nom que li posà *donya* Consol, la gent de la comarca havia començat a conéixer el lloc pel nom, molt més escaient, de *L'aigua tèrbola*.

La veritat era que, amb tantes facilitats i portant una vida tan plaent, els homes de la partida, començant pel mateix Eugeni, acabaren per aburgesar-se, i no seria massa errat fixar en aquesta època l'inici de la decadència de la partida. Ja només es dedicaven a mantenir els beneficis que tan fàcilment havien aconseguit. I, de tant en tant, més per no perdre la fama i la popularitat que per convicció, assaltaven algun viatger o robaven la casa d'algun ric llaurador, per repartir després una bona part del botí entre la gent més humil de la comarca, sense oblidar, naturalment, els agraïts llauradors de la Barraca. Però eren uns colps sense gens d'imaginació i sense cap risc ni cap punt d'arrogància.

Aquella situació era insuportable, almenys per a Eugeni, per al qual la sagrada missió de la lluita contra la injustícia estava encara per acabar. I per això pensava que, aprofitant la bona situació de la partida, calia dedicar tots els seus esforços a humiliar els poderosos.

El senyor Corb, que havia jurat no descansar fins veure el cap d'Eugeni penjat d'una corda, continuava també la guerra per la seua banda, seguint una estratègia de planys, cartes, laments i articles de diari escrits amb retòrica potent i ridícula. I els roders, encara que les autoritats no feien massa cas de les històries d'aquell vell cacic, estaven ja una miqueta farts de tanta propaganda.

Per això, quan mossén Navarro va dir una nit, com de passada, que el senyor Corb estava molt interessat per una senyora de Sueca, els homes de la partida pensaren que no estaria gens malament segrestar-la i, utilitzant-la com a excusa, concertar una agradable entrevista amb el seu amic, per veure si li llevaven del cap aquella senil perseverança.

Josep, com sempre, s'encarregà d'anar a Sueca i interessar-se per tots els detalls. Quan tornà, assegurava que el senyor Corb no tenia mal gust per a les dones. La seua estimada, que segons sembla no li corresponia amb massa entusiasme, era una vídua jove, de mirada tranquil·la i misteriosa, amb una cara angelical i amb una elegància, en el caminar i en el parlar, digna de les millors dones del món. El marit era mort feia alguns anys sense haver tingut fills, i ara la dona vivia sola a la casa expressament construïda per al matrimoni, on, cada dia, de matí i de nit, rebia les visites dels seus familiars i, molt especialment, del seu germà.

—Hi ha un important problema —va concloure Josep—, perquè no m'ha estat possible saber si el senyor Gorb està enamorat, sincerament enamorat, d'aquesta dona o si només li interessa unir la seua gran fortuna a la de la vídua, per augmentar encara més el seu poder i convertir-se en l'amo de dues comarques.

A Eugeni, en saber que la dona era vídua i que tenia un germà, se li va fer un nuc a la gola. En cosa de segons, mentre Josep parlava, passaren pels seus ulls les tendres escenes de la vall, la partida dels llauradors dalt del carro, la seua amarga desolació, l'escapada del convent, la misteriosa gitana que li havia endevinat el passat i pretenia conéixer també el futur. Però pensà que era impossible una casualitat tan gran i la concentració que requeria per preparar el colp acabà tranquil·litzant-lo.

Finalment, amb una certa sensació de formigeig a l'estómac, malgrat tot, Eugeni ordenà que la dona fos segrestada com havien acordat, però recomanà que fos tractada amb dignitat, tal i com mereixia una senyora d'aquella categoria. Josep, Ximo i *Panxa Ampla*, que havien estudiat detingudament els seus papers, s'encarregarien de l'operació, mentre Joan preparava una de les millors habitacions de *L'aigua tèrbola* per a la futura presonera.

El segrestament, com ells ja suposaven, va ser una cosa de xiquets. *Panxa Ampla*, degudament uniformat, feia de conductor de la berlina, que ja havia estat reparada, després de la trabucada d'Eugeni. En arribar a Sueca, Josep i Ximo, vestits molt correctament, feren arribar a la vídua una targeta signada per *Donya* Consol, la qual tenia un gran prestigi social, convidant-la a passar uns dies a la seua finca. *Donya* Consol explicava també en la missiva que aquells dos joves eren de total confiança i que la vídua podia posar-se tranquil·lament en les seues mans. La resta va ser fàcil. Després d'ajudar-la a preparar l'equipatge, pujaren a la berlina i s'encaminaren a *L'aigua tèrbola*, tractant la presonera amb una correcció exquisida.

En arribar a la casa, la bella senyora s'estranyà una mica. Li feia la impressió que no hi havia dones i que els homes hi abundaven massa, però recordà que la vella *Donya* Consol, segons era ben sabut per la comarca, no era casada, i allò ho explicava tot. De manera que, quan la berlina s'aturà davant l'escala de marbre, la dona entrà sense cap reticència al gran saló, on ja estava esperant-la Eugeni, per posar-la al corrent de la situació i explicar-li que no tenien intencions de fer-li cap mal si el seu amic, com cabia esperar, no volia fer-se l'heroi i col·laborava.

Quan la presonera i el cap dels roders es miraren als ulls, una commoció que podia palpar-se travessà la sala de cap a cap i, enmig d'un silenci impressionant, els dos van caure a terra sense coneixement.

XXVIII

Al cap d'uns minuts, quan Eugeni i Mercé es recuperaren, tota la gent de la casa era reunida al saló, mirant l'escena amb ulls desorbitats. Una de les criades havia preparat unes tisanes que obligaren a beure els desmaiats, sense poder, tanmateix, soltar-los les mans que s'havien agafat abans de perdre el coneixement. En beure aquell dolç xarop, els dos se sentiren una miqueta més reconfortats. I va ser Ximo el primer a insinuar la possibilitat d'anar-se'n tots a passejar i deixar sols els enamorats, per si volien contar-se les moltes coses que s'haurien de contar.

Eugeni, amb veu tremolosa, trencada de tant en tant per apoteòsics sospirs amorosos, contà totes les seues aventures i explicà a Mercé que, gràcies a la profecia de la gitana, no havia perdut mai les esperances de tornar-la a veure i, fins i tot, de poder tenir-la al seu costat i acaronar-la amorosidament, com feia ara. Mercé se'n feia creus en sentir les coses que Eugeni li contava i plorà amargament en saber que estava segrestada per l'home a qui, secretament, havia estimat sempre.

—Mentre venia bíblies a Andalusia —explicà Eugeni—, mentre assaltava viatgers a Sierra Morena, mentre feia la revolució i mentre organitzava la partida del *Frare*, el meu pensament estava al teu costat, Mercé estimada.

—Jo també he pensat sempre en tu, benvolgut Eugeni —respongué Mercé, i començà a explicar-li la seua vida.

—Des que abandonàrem la caseta de la vall —sospirà la jove vídua—, tots hem treballat molt durament. Però, una vegada ens arruïnava el mal oratge, una pedregada o una riuada del Xúquer i les altres vegades era l'avarícia dels senyorets o l'augment dels impostos. Durant molts anys, no hem pogut eixir de la més absoluta misèria.

—Oh, estimada Mercé —digué Eugeni, compungit—. I jo creia que vivies en l'opulència, per això t'havia segrestat.

—És una vella història —respongué Mercé—, que vull contar-te perquè sàpigues exactament què va passar. Va ser durant una de les moltíssimes malalties del meu pare. El meu germà, Antoniet, arribà a casa amb la notícia que el *so* Rodasoques, un dels homes més rics de Sueca, estava enamorat de mi. Jo vaig consentir en aquell matrimoni perquè el meu pare estava ja amb un peu ací i un peu allà i pensí que, amb diners, podria salvar-lo. Com jo imaginava, el vell Rodasoques no durà molt de temps, però els diners no pogueren tampoc salvar el meu pare i ma mare va morir també, als pocs mesos, a causa de la tristor que li provocava la meua situació.

—Sí que has sofert molt, amor meu —digué Eugeni, pensant que en aquell punt s'acabava la història—, però ara ens hem trobat i res no impedirà que siguem feliços.

—No crec que siga tan fàcil —assegurà Mercé amb les llàgrimes als ulls—, perquè ara Antoniet vol casar-me amb un altre home vell i ric, el senyor Corb, per assegurar-se una part en la meua fortuna i una faena ben pagada pel vell cacic. El meu germà està desconegut, les privacions i la vida miserable l'han convertit en un home insaciable, envejós, capaç de qualsevol cosa per diners.

Així estaven les coses quan la casualitat o el destí volgué que es produís aquell encontre que donà noves forces a Mercé per resistir el setge del senyor Corb i del seu germà Antoniet. Segons Mercé assegurava, amb l'oportuna presència d'Eugeni, tot canviava de sobte i el gris panorama de la vídua es tornava del més verd color d'esperança.

Aquella nit, Mercé passà una agradable vetlada a *L'aigua tèrbola*, no en qualitat de presonera, sinó de convidada. I l'endemà de matí, amb uns preciosos colors de cara, contenta i esperançada, tornà a casa i li digué al germà que havia passat la nit amb l'agradable senyora de Provencebleue. Antoniet, cec d'avarícia, no va sospitar res, sinó que, contràriament, pensà que aquella inesperada invitació era cosa del seu aliat i per això continuà el seu atac, tractant per tots els mitjans de fer caure la seua germana a les urpes del senyor Corb. Però Mercé, definitivament reconfortada, es mostrà més ferma que mai i Antoniet, una vegada més, hagué de portar una resposta negativa al vell cacic.

Des d'aquell mateix dia, Eugeni arriscà secretament la pell totes les nits, cavalcant fins a Sueca al recer de la foscor, per poder passar unes hores en la companyia de la seua estimada. La vida els havia fet perdre molt de temps i ara volien recuperar-lo en poques setmanes.

XXIX

Per terres valencianes corrien novament vents revolucionaris. Amb dues magnífiques collites seguides semblava que l'agitació dels llauradors anàs a calmar-se per una llarga temporada. Però en veure que podien augmentar notòriament els seus beneficis, gràcies a aquella circumstància favorable, els amos de les terres volgueren pujar desmesuradament els lloguers i, novament amb raó, els homes que les tenien arrendades s'uniren per combatre les quotidianes arbitrarietats dels poderosos.

El senyor Corb, aprofitant la situació, volgué llevar-se problemes de damunt i guanyar-se, encara més si era possible, el favor d'Antoniet en la seua causa amorosa. El va fer procurador general de *L'Ordi*, la seua finca més gran i volguda, la qual estava sense administrador des de la desafortunada actuació de Jaume quan a la venda de les taronges. L'espavilat vell veia com l'agitació dels llauradors creixia dia a dia i, a aquell pas, el descontent no tardaria a tenir greus conseqüències. Si Antoniet tenia poders sobre la finca, ell seria qui s'hauria d'enfrontar amb els jornalers revoltats i, si venia el cas, ell seria qui hauria d'emprar la violència o els mitjans poc honestos, i ell carregaria amb totes les conseqüències.

Va ser aleshores quan Antoniet, flamant nou procurador de *L'Ordi*, començà a sentir parlar del *Frare* i de la seua partida de roders; de les maleses que havien fet al pobre senyor Corb i de la misteriosa personalitat del cap dels bandolers, un home que, segons deien, venia de terres andaluses però coneixia pam a pam aquella comarca.

Antoniet no era del tot imbecil, de manera que, unint aquelles informacions i algunes altres a la cara de felicitat que, des de feia un temps, tenia la seua germana Mercé, començà a sospitar seriosament i acabà del tot convençut que les seues sospites eren ben fundades, quan resultà l'assumpte amb la seua germana Remeiets, que havia anat a viure amb ell a *L'Ordi*, per posar-se al front de les faenes de la casa.

Mentre els seus enemics conspiraven i tancaven un cercle al seu voltant, Eugeni i Mercé seguien trobant-se clandestinament totes les nits. Tan feliços vivien que s'havien oblidat de quasi tot i no s'adonaven de la constant presència de personatges altament sospitosos, els quals descobriren sense massa dificultats tots els seus secrets i escoltaren moltes de les seues converses, cosa que els va permetre explicar a Antoniet, amb pèls i senyals, la identitat del misteriós visitant de la seua germana.

Antoniet no molestava i es feia el desmenjat, però els seus ulls i les seues orelles ho veien tot i ho sentien tot. I, a poc a poc, la tela d'aranya teixida pel germà de Mercé i pel senyor Corb, ben informat pel seu fidel esclau, anava tancant-se sobre la feliç parella d'enamorats, els quals vivien molt aliens de les penes i els problemes d'aquest món.

Afortunadament, la bona vida i l'amor de tendres dones no havien inutilitzat tots els homes de la partida. Ximo, Josep i *Panxa Ampla*, continuaven alerta. I ells descobriren a temps un ben tramat complot destinat a acabar amb la vida d'Eugeni. La seua irritació arribà a un punt altament perillós. Aleshores combinaren les tàctiques i, mentre Antoniet reclutava homes amb la intenció de formar un petit exèrcit que fos capaç d'enfrontar-se als roders, el senyor Corb tornà a emprar els seus vells mètodes de cacic rural. Els dos còmplices viatjaren a València per entrevistar-se amb el senyor governador i li comunicaren que la partida del *Frare*, la qual ja coneixia molt bé, estava dedicant tots els seus esforços a

exasperar els ànims dels llauradors de la comarca, tractant de portar-los a la revolució, per tal de fer-se amb el poder civil i militar, i enfangar tota la comarca dins el caos, la disbauxa perpètua i l'anarquia.

—Aquesta vegada —explicava, molt acaloradament, el senyor Corb—, no es tracta d'un furt més o menys arriscat, ni d'un desvergonyit segrestament, als quals, per desgràcia, vós no sembleu donar massa importància.

—És una revolta social —assegurà Antoniet—, un intent revolucionari que pretén somoure els fonaments més sagrats de la societat. O nosaltres acabem amb ell o ell acaba amb nosaltres i amb tot allò que representem.

El senyor governador, que no tenia ganes de complicar-se la vida, no ho veia gens clar. Però era molt conscient de la força que encara tenia el senyor Corb sobre les més altes esferes del poder, de manera que, després d'escoltar-los en silenci, els assegurà que es prendrien les mesures oportunes per acabar amb tots aquells desordres. Però, en el fons, no pensava fer res, perquè també a la ciutat de València podia palpar-se l'agitació i no era cosa d'enviar tan lluny la guàrdia civil per una estúpida quimera de vell.

D'una altra banda, a la Ribera, els llauradors revoltats havien començat a organitzar-se i una prova de la seua ferma voluntat revolucionària va ser l'arribada d'una comissió a *L'aigua tèrbola*. Venien a parlar amb el mateix Eugeni en persona, per proposar-li un pacte i estudiar la possibilitat d'una acció conjunta contra el despostisme i la injustícia. Ells tenien els homes, la raó i la força. Eugeni només havia de posar de la seua part, l'experiència, l'organització i les imprescindibles armes i municions.

Sense pensar-s'ho massa, i sense consultar res amb els altres homes de la partida, Eugeni es va negar. La vida sedentària i l'amor l'havien convertit en un animal de costums i, en aquella situació, les reivindicacions dels llauradors quedaven molt lluny dels seus propòsits. S'havia aferrat a la rutina diària: supervisar els treballs dels seus homes, revisar els comptes de la partida, visitar cada nit la casa de Mercé... I abandonar ara tot allò per tornar a córrer davant les bales de l'enemic no li feia gens de gracia. Naturalment, a les raons irrebatibles dels llauradors ell oposà rebuscades excuses pseudo-polítiques: la poca oportunitat d'un acte de violència, la necessitat d'unificar criteris per eixir de la crisi, la imatge moderada que calia donar a l'estranger perquè no baixassen les exportacions i un llarg etcètera. Pur blablablà.

Els llauradors tornaren als seus pobles molt cremats, cagant-se en la fama revolucionària del *Frare* i pensant, no sense motius, que els cacics s'havien donat més aire que ells i havien comprat els roders amb els seus bons diners. I no s'enganyaven del tot, perquè encara que a Eugeni no l'havien temptat directament, el verí dels senyorets arribava ja al mateix cor de la partida.

XXX

Des d'aquell moment, començà, de manera real i visible, la decadència de la partida del *Frare*. El mateix Eugeni ho notava i, per fer-li mínimament justícia, caldrà dir que la certesa d'estar acabant les seues aventures va ser també un dels motius que el portaren a la passivitat més absoluta.

Sense acabar de comprendre per què, imaginava constantment aquella mort violenta, estranya i improbable, que li havia anunciat la gitana. Després de tants anys de vida agitada, semblava que Eugeni esperava la mort com un merescut descans o com un premi a tant d'esforç fet per viure. Immers al fons d'aquell cingle existencial, només trobava el plaer i la realització personal en les seues relacions amb Mercé, però fins i tot en aquells moments íntims, actuava fredament i Mercé li notava alguna cosa estranya en la mirada.

La cosa es complicà greument quan els homes de la partida saberen que Eugeni s'havia negat a col·laborar amb els llauradors revoltats. Josep i *Panxa Ampla* no tardaren a abandonar *L'aigua tèrbola*, per més que Ximo els ho volia impedir, i els altres homes seguiren, a poc a poc, el seu exemple. Els roders s'uniren als llauradors i, després d'algunes negociacions, acordaren iniciar l'acció sense més preàmbuls.

Els esdeveniments es precipitaven, però malgrat tot encara va passar un temps decisiu abans que els llauradors i els roders, definitivament units, decidiren anar a les armes. Amb una certa alegria, els llauradors seguiren els roders fins a la cova, per recollir les armes que havien deixat guardades feia temps, quan començaren a organitzar la partida. Amb aquelles armes i aquelles municions, i amb tants homes disposats a donar la seua vida per la llibertat, la revolució era una cosa feta. Però ja era tard: quan arribaren a la cova, les armes havien desaparegut.

La mateixa nit en què els llauradors anaren a parlar amb Eugeni per demanar-li la seua col·laboració, Lluís *el Riolenc*, el traïdor anunciat per la profètica gitana, havia volat al niu del senyor Corb per posar-lo al corrent dels últims esdeveniments. Aquella mateixa nit, un grup d'homes al servei d'Antoniet, que recordava encara exactament la ubicació exacta de la cova, s'emportaren secretament les armes i les municions que durant tants anys havien estat al soterrani, amagades sota el vell altar de la capella conventual. Eugeni no ho sabia, però començava a imaginar que totes les profecies de la gitana anaven prenent forma.

En veure la cova buida, els llauradors revoltats, que no tenien un bon servei d'informació, no dubtaren:

—*El Frare* s'ha venut a l'enemic. Cridà un dels llauradors més radicals.

—Sí —respongué de seguida un altre—, segur que ells mateixos ha robat les armes per armar l'exèrcit que, segons diuen, estan formant el senyor Corb i el renegat d'Antoniet.

Josep i *Panxa Ampla* no s'ho volien creure, però les evidències pesaven molt i els ànims dels llauradors no estaven per a bromes. Finalment, havia començat una guerra desigual.

Reunits a la cova, els revoltats decidiren tornar a *L'aigua tèrbola* i prendre-la per la força, si calia, per organitzar la seua defensa i fer-se forts contra el senyor Corb.

Mentre, a *L'Ordi*, Antoniet es preparava també per assaltar la caserna dels roders, pensant que els trobaria desprevinguts. I, per acabar d'arrodonir la situació, a València, el governador, posat sobre avís per les autoritats dels pobles de la comarca, comprenia per fi la serietat del cas i cursava les ordres oportunes per enviar un batalló cap a la revoltosa vall, amb la missió d'imposar la tranquil·litat al preu que fos.

Eugeni, ignorant dels importantíssims moviments militars que estaven organitzant-se a les seues espatles, viatjava pausadament cap a Sueca, com tenia per costum. Passà bona part d'aquella nit amb Moreó i, quan s'acomiadaren, després d'un llarg bes, a les boques dels dos enamorats quedà un regust amarg de solitud. Sense saber, sabien la importància d'aquell últim abraç.

Ja de lluny, Eugeni veia el cel ferit pel resplendor d'una gran foguera. Com si de sobte s'hagués adonat de què passava, agullonà ferotgement el cavall i galopà com el vent cap a la direcció que li indicaven les flames. Vista des d'un pujol, la closa, una mica enfonsada, de *L'aigua tèrbola*, era el mateix infern.

La magnífica casa que havia manat fer *Donya* Consol era una immensa flama al voltant de la qual els revoltats, fent cavalcades frenètiques, disparaven contra les finestres impassibles. Quan els llauradors i els roders havien arribat a la casa, Lluís el traïdor i alguns homes d'Antoniet els havien disparat des de les finestres. Ni Ximo, ni les criades ni molt menys la pobra *Donya* Consol, no sabien què estava passant i fugien cap a l'hort, en camisa de dormir i cridant amb desesperació.

El desconcert era total. Tots cridaven alhora sense saber què dir. Els cavalls renillaven espaordits. Els arbres més pròxims a la casa s'havien encés també i alguns homes tractaven d'apagar-los a poalades. Dalt al cel, la pobra lluna se'n feia creus en veure les barbaritats que podien fer els humans i s'alegrava d'estar absolutament deshabitada.

De sobte, un soroll sord apagà la remor d'aquell infern i Eugeni, invisible al seu amagatall, va veure arribar els homes del senyor Corb, encapçalats per Antoniet i per una estranya figura, coberta amb una gran capa negra. Quan la tropa mercenària es va fer visible, els rebels van comprendre moltes coses, però era ja massa tard. Ràpidament buscaren un refugi darrere dels arbres, de les pedres, dels seus cavalls. I aleshores, els trets apagaren qualsevol veu i qualsevol renill.

El fum blau de la pólvora ennuvolava el cel, mentre molts dels rebels, armats només amb forques, destrals i corbelles, corrien tractant d'amagar-se i les primeres víctimes d'aquella cruel guerra començaven a caure. Els roders comentaven que, segurament, Eugeni hauria mort ofegat o cremat dins la casa, però el *Frare*, que s'havia quedat paralitzat sense comprendre res, reaccionà per fi i, esperonant el seu cavall, baixà al camp de batalla com una fletxa de foc, disparant en la direcció que creia correcta.

Un clam de sorpresa i de joia esclatà entre els rebels, que recobraren de seguida les forces, perquè imaginaven que Eugeni havia ressuscitat. I amb un cap immortal, com ja havia profetitzat la gitana, no podien ser derrotats.

Seguint l'exemple d'Eugeni, el *Frare* ressuscitat, els roders muntaren també a cavall i, al galop, trencaren les febles línies enemigues i es dirigiren vertiginosament cap a «*L'Ordi*», que havia quedat sense vigilància. A la casa del senyor Corb es va repetir l'escena dantesca que Eugeni havia vist. En pocs minuts, la casa que havia estat l'orgull de moltes generacions de Corb, era només un infern que vomitava foc per les finestres. De seguida, arribaren els mercenaris, convertits ara en defensors, i recomençà la batalla enmig d'una fragor que hauria fet esborronar els més valents. Però, per damunt l'estrèpit dels trets, els crits, els renills i les flames, la veu aguda d'una corneta paralitzà per un segon l'activitat dels combatents. Tots havien comprés que era l'exèrcit, però els uns estaven convençuts que anava per ajudar-los i els altres sabien que allò representava la seua segura perdició.

Els pocs roders capaços de muntar encara fugiren, dirigits per Eugeni, buscant el refugi de la vella cova. Sabien que podien estar tranquils per uns instants, perquè Josep, amb les seues pròpies mans, havia fet callar per a sempre el traïdor. Però, mentre organitzava la defensa, Eugeni recordà que Antoniet també sabia perfectament on estava la cova i, en aquell precís moment, un fugaç instant de lucidesa li va fer comprendre que li havia arribat l'hora. Fent ús de la seua autoritat per darrera vegada, ordenà als seus homes que fugissen per l'entrada de la rabosa, amenaçant amb el seu fusell els qui no volien abandonar-lo.

Dotze hores va estar defensant-se Eugeni des de l'entrada de la cova, disparant tan veloçment i amb tant de valor i d'encert que els assetjadors creien que encara estaven tots els homes dins la cova. Però a migdia, una forta ofensiva dels soldats, que tractaven d'assolir posicions superiors, l'obligà a cedir terreny, fins que li resultà impossible tornar a entrar a la cova.

Una fugissera figura, la mateixa que acompanyava Antoniet al front dels mercenaris, tocat amb un capell negre d'ala ampla, havia aconseguit escalar subreptíciament la muntanya i ara, per fi, havia arribat a una posició més alta que la que defensava Eugeni. El tenia ja al punt de mira del seu fusell, però, abans de disparar, cridà fort el seu nom:

—¡Eugeni! —i, llevant-se el capell, li ensenyà la cara, mentre li deia. Vull que sàpigues que sóc jo, Remeiets, que sempre he estat enamorada i menyspreada per tu, qui acaba amb la teua existència.

I, de seguida, disparà una bala lluenta que travessà el cor d'Eugeni *el Frare.*

Però havia perdut tant de pes durant la batalla, i estava tan desconegut, que ni Remeiets, ni el senyor Corb, ni Antoniet, ni la mateixa Mercé, que va ser obligada a identificarlo, no el reconegueren. I per això, a la Ribera, encara hi ha persones que esperen que torne Eugeni *el Frare*, per acabar amb la injustícia de la Terra.

EPÍLEG

Eugeni, encara que no va ser identificat per ningú, després de mort, fou penjat a la forca i, acabat el ritu, li fou tallat el cap, el qual va ser exposat públicament, durant molts anys, perquè servís de lliçó i d'escarment a tots els qui, d'una manera o d'una altra, hagueren triat el mal camí. Però corren rumors que el vertader Eugeni tornarà un dia per ajudar els pobres i els febles, i aleshores, els rics i els poderosos sabran quin és el pes vertader de la justícia.

El vell George, instal·lat per fi a la seua estimada Irlanda, va viure llargs anys i va escriure, efectivament, moltíssims llibres de viatges, en alguns dels quals fa referència als seus companys dels últims mesos a Espanya. Morí a l'avançada edat de vuitanta-nou anys sense veure realitzat el seu somni més volgut i més íntim: veure la seua pàtria alliberada.

Mercé, assetjada pel germà i sense el consol de les diàries visites d'Eugeni, acabà casant-se amb el senyor Corb, el qual, com tots esperaven, va morir als tres anys de matrimoni. Amb les fortunes dels seus difunts marits, Mercé començà per fi a viure sense traves i acabà la seua vida casada amb un jove carreter que va conéixer un dia per pura casualitat.

Antoniet, a qui el senyor Corb va saber agrair els nombrosos serveis que li havia sabut fer, fou anomenat governador civil de València quan es calmaren els ànims i va viure tremendament feliç, i sense un sol remordiment, fins als vuitanta-dos anys. Va morir d'una forta indigestió d'all-i-pebre.

Remeiets, penedida pel crim que havia comés, i humiliada per la lletgíssima acció dels germans, anà de missionera a un cert país de l'Àfrica on, segons els comentaris de la gent, va concebre tres fills d'un cacic negre. Va morir de vellesa en un oblidat convent de Sant Mateu, al Maestrat.

Ximo veié, sense massa sentiment, com moria la pobra *Donya* Consol, que no pogué resistir tantes emocions seguides. Amb la gran fortuna que heretà, no li costà massa comprar la seua llibertat. Aleshores tornà a Cuba, on va invertir la resta del seu capital establint dues fàbriques que el feren molt més ric i que, encara avui, nacionalitzades, funcionen. L'una fabricava els famosos cigars «*Don Joaquín*» i l'altra destil·lava el conegut rom «*El Fraile*». Diuen que va morir d'una malaltia lletja, però també hi ha qui diu que acabà suïcidant-se per un desengany amorós.

Els altres homes de la partida, després d'acomplir les seues condemnes, totes reduïdes per bona conducta, tornaren a la quotidiana i miserable vida que portaven abans de la primera revolta, que fou anomenada, anys després, la Gloriosa.

Molt de temps després de la dissolució forçada de la partida, Josep s'encarregà de fer una col·lecta, en la qual participà també Ximo, amb una quantitat considerable, i amb els diners recollits manaren fer una làpida per al seu antic cap. Joan, que havia estudiat llatí al seminari, d'on va fugir per unir-se als roders, redactà l'epitafi del *Frare*:

FLAGELLUM DEI ET COMMISARIUS MISSUS A DEO
CONTRA USUARIOS ET DETINENTES
PECUNIAS OTIOSAS

Encara podreu llegir-ho si alguna vegada visiteu la tomba on reposa Eugeni *el Frare*. Una tomba perduda entre les nombroses tombes on reposen els homes valents, els romàntics i els amants de la llibertat a la Ribera.

PROPOSTES DE TREBALL

Per fer-vos més suggestiu el camí de la lectura hem elaborat un seguit de propostes obertes, bescanviables, ampliables i corregibles segons els nivells educatius, els lectors i els objectius que es proposen en fer la lectura. Aquestes preguntes s'agruparien al voltant dels següents nuclis temàtics:

1. *EL MARC GEOGRÀFIC: Espai i acció*

1.1. Dibuixa un mapa i ressegueix els indrets visitats pel roder. Situa en aquest totes les referències urbanes o geogràfiques que s'esmenten.

1.2. L'acció se situa en tres zones geogràfiques bàsiques. ¿Quines són i què representen cadascuna en l'evolució de l'acció?

1.3. Esbrina la procedència geogràfica dels membres de la partida del *Frare* i la tasca que desenvolupen (cuiner, traïdor, espia...).

1.4. Situa els fets que viuen Eugeni i Ximo, la geografia i els monuments urbans que els serveixen d'escenari a la ciutat de València.

1.5. Diverses comarques del País Valencià són anomenades a la novel·la. Pren-ne nota i completa el mapa de comarques incloent-hi els nuclis de població més representatius.

2. *EL MARC SOCIAL: Societat i acció*

2.1. A partir de l'obra i d'algun manual d'història, dissenya l'estructuració social de l'època (segle XIX) en la qual se situa el relat (arrendataris, cacics, desamortització de Mendizábal, carlisme, la Gloriosa, sublevacions, avalots, etc).

2.2. ¿En què consistia la mitja anyada? ¿Quan solia fer-se? ¿Què representava segons l'autor? Constata si encara conserven aquest costum o el seu record les persones grans, i les seues diferències i similituds amb la descripció que del fet es fa al llibre.

2.3. ¿Com i quan apareix a la novel·la l'esport autòcton valencià del joc de pilota? Indica quines modalitats s'esmenten i explica'n d'altres que conegues i com i on es practiquen. Fes una llista de termes específics d'aquest joc i esbrina la seua significació. Arreplega noms de jugadors famosos del present o del passat. (Per a una visió més completa, llegiu: *El joc de pilota**).

2.4. El bandolerisme, com a fet social, ha estat reflectit pel cinema, la televisió, el teatre (*Àlias Serrallonga* dels Joglars) o per la mateixa cançó (*El bandoler* de Lluís Llach) i ha fornit molts romanços, rondalles i llegendes populars. Recorda alguna d'aquestes creacions literàries i la seua anècdota.

2.5. Arreplega i posa per escrit llegendes semblants a la d'Eugeni, situades a la teua comarca o a d'altres veïnes. De no existir, inventa't personatges i fets semblants i escriu una narració.

2.6. Cita altres roders, coetanis i anteriors, dels quals es fa referència al relat.

2.7. Explica la significació de la cita inicial del llibre i relaciona-la amb la intenció de l'autor i amb algun tema de l'obra: «Són los bandolers barons i los barons bandolers».

3. *EL MARC HUMÀ: Els personatges i l'acció*

3.1. Explica les circumstàncies en què va ser trobat inicialment el protagonista; ¿què portava? ¿Què pensaven que era? ¿Quines raons històriques feien possible aqueix temor?

3.2. ¿De qui era fill? ¿Quan s'assabenta d'aquest fet i per boca de qui? ¿Quan moren els pares d'Eugeni?

---

* MILLO, Llorenç. *El joc de pilota*. Eliseu Climent, Editor. València, 1982.

3.3. ¿A què és degut el nom del protagonista? ¿I el seu primer malnom posat pels frares? ¿Quin és i en quina etapa de la seua vida li'l van adjudicar?

3.4. Descriu l'evolució psicològica d'Eugeni: etapes i resultats, positius o negatius, dels seus enfrontaments amb el món i del procés o el viatge educatiu que és la seua vida. Analitza les alternatives entre moments d'acció i de reflexió.

3.5. ¿On es troba soterrat Eugeni? De les explicacions del narrador, ¿es pot deduir que existeix la seua tomba?

3.6. ¿Què són i què representen dintre de l'acció els següents personatges: el primer i el segon prior del convent, fra Ramon, Antoniet, Mercé, Remeiets i Ximo?.

4. *EL MARC FORMAL, LINGÜÍSTIC I LITERARI: Forma i acció*

4.1. De vegades el nom i/o cognoms dels personatges ajuden a caracteritzar-lo humorísticament o realista. Explica la possible significació i jutja l'adequació o la ironia de noms com: Eugeni, Mercé, Remeiets, el nom del cacic i la seua finca, el de *Donya* Consol, el seu hort i la classe de taronges que exportava.

4.2. La fama, el respecte i la categoria heroica, moral i literària d'Eugeni van en augment segons transcorre la narració. ¿Com es fa patent això en l'obra? ¿Augmenta igualment l'actitud de respecte per part de l'autor envers la seua criatura? Busca en el text frases que justifiquen les teues opinions sobre el tema. Explica l'actitud del narrador i el seu to narratiu (respecte, ironia, humor, burla, solemnitat, desmitificació, realisme, seriositat, joc). Explica la intenció educativa, ideològica, de l'autor en l'obra.

4.3. El narrador sovint mostra la seua omnisciència (ho sap i jutja tot: present, passat i futur) i omnipresència (apareix on li plau). Busca en el text situacions i frases que demostren la veritat d'aquesta afirmació.

4.4. ¿El lector juga un paper actiu o passiu a l'obra? ¿Se l'anomena directament o indirectament? ¿Se l'implica en els fets o no? Busca exemples al text que demostren el seu paper.

4.5. A part del narrador principal n'hi ha d'altres de menor relleu com el germà Pere, Georges i la gitana. ¿Què representen en l'evolució dels fets principals les seues narracions? ¿Quines diferències formals i d'extensió trobem en els seus parlaments?

I dels narradors secundaris esmentats, ¿a qui deixa l'autor parlar més en la seua pròpia veu? ¿A qui interpreta més? ¿Per què és això? Explica-ho.

4.6. ¿D'on és el germà Pere? ¿Les diferències que presenta la seua parla permeten parlar d'una llengua diferent o de variacions geogràfiques del mateix sistema de llengua emprat a la resta de la narració? Raona la resposta.

Assenyala aquestes diferències des de tots els punts de vista lingüístics. ¿Per quins aspectes es diferencien més: pels fonològics (pronunciació), morfosintàctics (forma i funció: gramàtica) o semàntics (significació)?

¿Què presenta més diferències; el parlar del germà Pere i el nostre, o el de la gitana i el castellà de la televisió? Demostra-ho.

4.7. Si estudies llatí, tradueix l'epitafi de la tomba d'Eugeni. Relaciona el seu significat amb el de l'obra.

4.8. Una de les característiques dialectals pròpies del valencià és la proliferació de diminutius. Analitza diversos exemples de diminutius emprats per l'autor a la novel·la i dedueix els recursos formals amb què els construeix. Busca els exemples de substantius, adjectius, adverbis i construccions amb valor diminutiu.

4.9. Indica i explica les coincidències, referències i semblances d'aquesta obra amb d'altres de la literatura universal i dedueix la intenció de l'autor al respecte.

ÍNDEX

Edicions Bromera

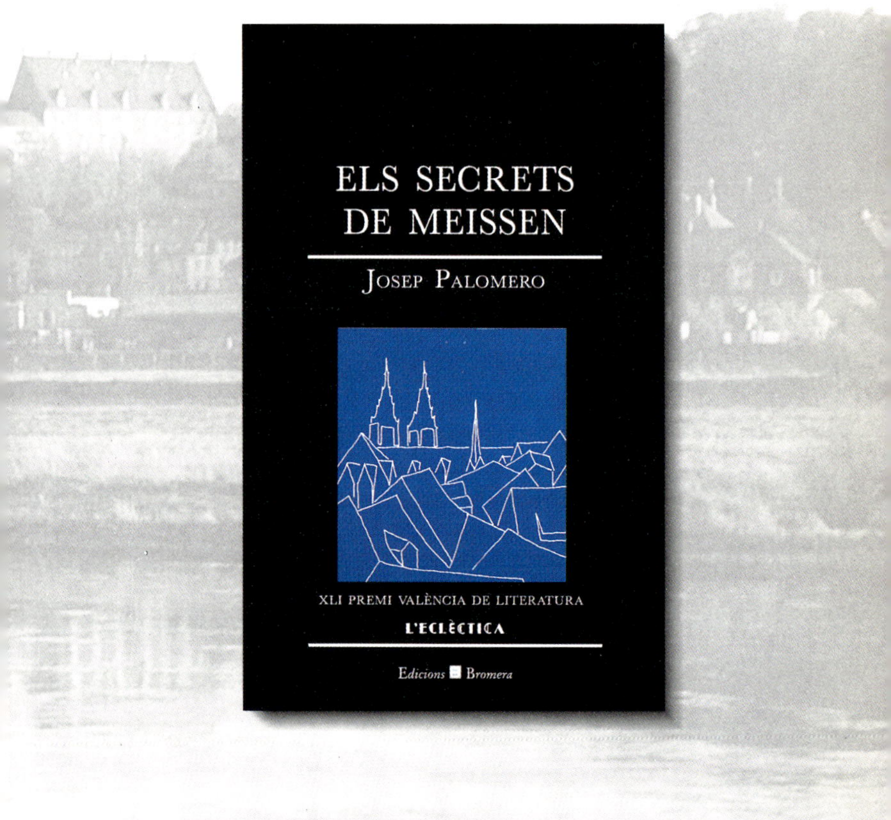

Josep Palomero (Borriana, 1953), ha destacat en els camps de la didàctica, la poesia, la literatura infantil i la narrativa. Gran part dels seus treballs han assolit distincions i premis literaris. Amb *Els secrets de Meissen* obtingué el premi València de literatura 1993, instituït per l'Excel·lentíssima Diputació de València.

Ambientada en terres valencianes durant el regnat de Carles III, en *Els secrets de Meissen* excel·leix el protagonisme del comte d'Aranda, un dels polítics il·lustrats més emblemàtics, enmig d'un panorama històric ple d'intrigues polítiques, en què els personatges tracten d'obtenir per tots els mitjans la fórmula de la fabricació de porcellana, un dels misteris més cobejats durant la segona meitat del segle XVIII.

Quins

secrets amaguen els murs de
la fortalesa d'Albrechtsburg?
Quin misteri guarda
el viatger en l'oculta alforja?